ダイアナ・ウィン・ジョーンズ 作　野口絵美 訳　佐竹美保 絵
四人のおばあちゃん

いちごう
さんごう
よんごう
にごう

四人のおばあちゃん

お父《とう》さんとお母《かあ》さんは、むすこのエルグとむすめのエミリーを家《いえ》にのこして、会議《かいぎ》のため、四日も出張《しゅっちょう》することになった。

「帰《かえ》ってきたときに、家《いえ》がこわれてるとこまるな」と、お父《とう》さんは言《い》った。エルグはまえに、玄関《げんかん》のドアをはずして庭《にわ》に持《も》っていき、要塞《ようさい》を作《つく》って遊《あそ》んだことがある。

「おばあちゃんたちのだれかにお願《ねが》いして、この子たちを見てもらったほうがいいわね」お母《かあ》さんが言《い》った。

エルグが家《いえ》をこわさなかったとしても、エミリーが家《いえ》の中のものにつまずいて、何《なに》かこわしてしまうに決《き》まっている、とお母《かあ》さんは思《おも》ったのだ。

エミリーはエルグより年下だったが、とても大がらだった。お父《とう》さんよりくつのサイズが大きいほどだ。

お父《とう》さんとお母《かあ》さんは再婚《さいこん》どうしだった。お父《とう》さんがエルグを、お母《かあ》さんがエミリーをつれて結婚《けっこん》したのだ。だから、おばあちゃんはエルグのほうに二人、エミリーのほうにも二人いて、よりどりみどりだった。

おばあちゃん一号《ごう》は、きびしい人だった。髪《かみ》をきゅっとうしろにひっつめ、おっかない顔《かお》で、「人生はつねにきびしいものです」と言《い》うのが口ぐせだった。「人生」は口がきけないから、おばあちゃん一号《ごう》がかわりに、五分《ふん》ごとに「いけません」ときびしくエミリーとエルグをしかるのだ。

おばあちゃん二号《ごう》は、心配性《しんぱいしょう》だった。いつもいつも何かしら心配《しんぱい》している。しょっちゅう真夜中《まよなか》に電話《でんわ》してきて、エミリーはビタミンがたりてるのかしら、と言《い》ったり、へんなかすれ声《ごえ》で心配《しんぱい》そうに、エルグは特別支援《とくべつしえん》学校にやるべきじゃないかしら、と言《い》ったりする。

おばあちゃん三号《ごう》は、すごくお金持《かねも》ちなのに、すごくけちんぼだ。エミリーはこのおばあちゃんがいちばんきらいだった。おばあちゃん三号《ごう》はいつも、大きなチョコレートの箱《はこ》を持《も》ってやってくるけれど、お父《とう》さ

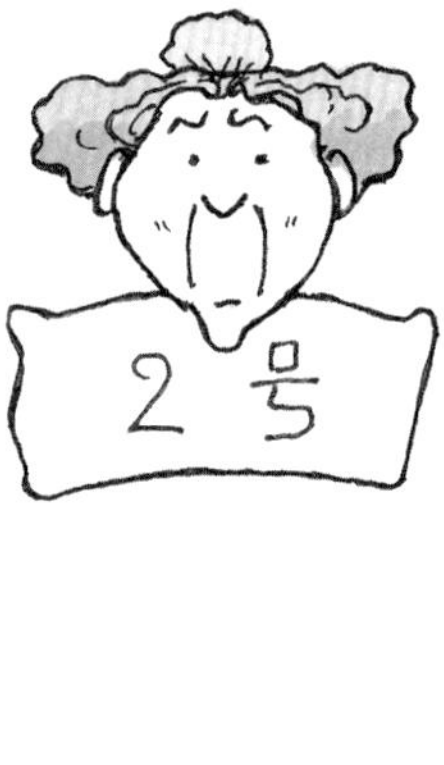

んにひとつぶ、お母《かあ》さんにひとつぶあげて、自分《じぶん》は六つぶ食《た》べ、のこりは箱《はこ》ごと持《も》って帰《かえ》ってしまうのだ。

エルグも、エミリーの言《い》うとおり、おばあちゃん三号《ごう》はけちだと思《おも》ったが、来るたびに新《あたら》しい車に乗り、髪《かみ》の毛《け》の色《いろ》を変《か》えているから、ほかのおばあちゃんたちよりはおもしろい、と感《かん》じていた。

おばあちゃん四号《ごう》は、聖人《せいじん》みたいにやさしい人だった。顔《かお》はしわだらけで、声《こえ》がふるえている。エルグとエミリーが目の前《まえ》でけんかすると、いや、大きな声《こえ》を出しただけでも、おばあちゃん四号《ごう》はすぐに気が遠《とお》くなり、お医者《いしゃ》さんを呼《よ》ぶはめになる。

エルグとエミリーは、めんどうを見にきてもらうなら、おばあちゃん四号《ごう》がいい、と言《い》った。気をうしないそうになることをこっちがしないかぎり、たいていは好《す》きなようにさせてくれるからだ。

でも、お母《かあ》さんが電話《でんわ》してみると、おばあちゃん四号《ごう》はぐあいが悪《わる》く、来《こ》られないということだった。めぐまれない子どもたちのためのバザーがうまくいかなかったせいで気を落《お》とし、寝《ね》こんでしまったのだそうだ。

というわけで、エルグとエミリーがきーきー、ぶーぶー文句《もんく》を言《い》うのには耳をかさず、お母《かあ》さんは、おばあちゃん一号《ごう》に電話《でんわ》をした。

でも、おばあちゃん一号《ごう》は休暇《きゅうか》で旅行《りょこう》に行《い》く予定《よてい》になっていて、やっぱり来《こ》られないらしい。

エルグはほっとした。そうなると、おばあちゃん二号《ごう》にたのむしかない。おばあちゃん三号《ごう》が人のめんどうを見るなんて、考《かんが》えられないからだ。

お父《とう》さんはそれでも、まず先に、おばあちゃん三号《ごう》に電話《でんわ》をした。エルグとエミリーの世話《せわ》をする人をやとうお金を出してくれるかもしれない、と思《おも》ったのだ。でもおばあちゃん三号《ごう》は、エルグとエミリーが二人だけでおるすばんするのはいい経験《けいけん》よ、と言《い》っただけだった。

そこでお父《とう》さんは、とうとうおばあちゃん二号《ごう》に電話《でんわ》をした。おばあちゃん二号《ごう》は、心《しん》配《ぱい》そうなかすれ声《ごえ》でさけんだ。

「なんですって！　かわいいエルグとかわいそうなエミリーを、そんなに長《なが》いこと、二人っきりにしておくつもり？」

「いや、ぼくたちがスコットランドに行《い》ってるのは、ほんの四日間《よっかかん》だけですよ」お父《とう》さんは言《い》い返《かえ》した。

「わかったわ。でもね、あなたたちのことだって心配《しんぱい》ですよ。スコットランドと言《い》えば、ついこないだも石油《せきゆ》の流出事故《りゅうしゅつじこ》があって、とっても危険《きけん》だそうじゃないの！」と、おばあちゃん二号《ごう》は言《い》った。

けっきょく、おばあちゃん二号《ごう》は来《き》てくれることになったけれど、エルグとエミリーはちっともうれしくなかった。

二人は暗《くら》い気持《きも》ちで両親《りょうしん》を見おくり、おばあちゃん二号《ごう》が来《く》るのを、ぼんやりと待《ま》っていた。だけど、おばあちゃん二号《ごう》はなかなかあらわれない。エミリーは、落《お》ち着《つ》きのない馬《うま》みたいに居間《いま》を歩《ある》きまわり、家具《かぐ》にぶつかってはひっくり返《かえ》していた。

エルグは、また何《なに》か作《つく》りたい気分《きぶん》になり、めぼしい材料《ざいりょう》はないかと、ふらふら台所《だいどころ》に入っていった。

おばあちゃん二号《ごう》が見てすぐわかるように、食《た》べものはみんなラップにくるんで、ラベルをはってあった。

エルグが目をつけたのは、ビスケットのあき缶《かん》だった。ふたには、この缶《かん》で毛虫《けむし》を飼《か》っていたときにあけた小さな穴《あな》がいくつもあって、中には、エルグがこっそり分解《ぶんかい》した時計《とけい》のぜんまいじかけがかくしてある。これを使《つか》えば、おもしろい道具《どうぐ》が発明《はつめい》できそうだ。

エルグはほかにも部品《ぶひん》になりそうなものをかきあつめた。ハンドルをまわすあわだて器《き》、ミキサーからとりはずした何枚《なんまい》かの刃《は》、サーディンの缶《かん》づめについている、持《も》ち手がわっかになったぼうの形《かたち》の缶切《かんき》り、それに焼《や》きぐし。

エルグは戦利品《せんりひん》をかかえて居間《いま》にもどり、組《く》み立《た》て

はじめた。とってもおもしろいものができそうな感《かん》じになってきたとき、電話《でんわ》が鳴《な》った。エミリーがとんでいったが、いかにもエミリーらしく、とちゅうでエルグの作《つく》りかけの〈発明《はつめい》〉をふみつけ、ぺしゃんこにしてしまった。

エルグはおこってわめきちらした。

電話《でんわ》は、おばあちゃん二号《ごう》からだった。

「ほんとにごめんなさいねえ。とちゅうまで行《い》ったんだけど、台所《だいどころ》の水道《すいどう》を出しっぱなしにしてきたような気がして、もどってきたの。これからまた、出るところよ」

「で、水道《すいどう》、出しっぱなしだったの？」

エミリーがきいた。

「いいえ。でも、もし出しっぱなしになってたら、たいへんだったわ」

エミリーが居間《いま》にもどってきたときにも、エルグはまだおこってわめいていた。「どうしてくれるんだよ！　ぼくの〈発明《はつめい》〉が、だいなしじゃないか！」

エミリーは〈発明《はつめい》〉に目をやった。つぶれたビスケットの缶《かん》から、あわだて器《き》がつきだしているようにしか見えない。「ただのつぶれたビスケットの缶《かん》じゃないの。それに、あわだて器《き》はもとにもどしといたほうがいいわよ」

でもエルグは、ビスケットの缶《かん》の横《よこ》に新《あたら》しくできたさけ目《め》からあわだて器《き》のハンドルをつき出《だ》すと、うまくまわせることに気づいたところだった。

「勝手《かって》に使《つか》っちゃいけないものばっかりじゃない！」エミリーは言《い》った。

エルグは答えず、あわだて器《き》のハンドルをまわしてみた。ぼこぼこになった缶《かん》が、まるで息《いき》をしてるみたいにふくらんだりへこんだりして、中に入っていた時計《とけい》の部品《ぶひん》が、とってもおもしろい音をたてはじめた。

エルグに無視《むし》されたエミリーは、いらいらしてどなった。「すぐに返《かえ》してきなさいよ、だめだってば！」

エルグから〈発明《はつめい》〉をとりあげようと、エミリーがのしのし近《ちか》づいていったとき、ひめいのような声《こえ》が聞《き》こえた。

「エミリーったら！　二人とも、おやめなさい！」

二人がふり返《かえ》ると、ドアのところに、おばあちゃん四号《ごう》のすがたが見えた。まっ青《さお》な顔《かお》でふるえていて、今《いま》にもたおれそうだ。

エルグとエミリーは、おばあちゃん四号《ごう》が気をうしなわないようにと、あわててあいそよくほほえんだ。

エルグは言《い》った。「来《こ》られないのかと思《おも》ってた」

「かわいそうなあなたたちを、二人っきりでおいておけないでしょう……」おばあちゃん四号《ごう》は、消《き》え入《い》りそうな声《こえ》を出《だ》した。

　エミリーとエルグは、顔《かお》を見あわせた。おばあちゃん二号《ごう》がもうすぐ来《く》ることになってる、なんて、とても言《い》えない。

「あなたに、あげるものがあるんです」おばあちゃん四号《ごう》はふるえる手で、エミリーに古《ふる》びた小さな本をさしだした。「よーくお読《よ》みなさいね。エミリーって名前《なまえ》の悪《わる》い子が出てくる、ためになるお話《はなし》なの。きっとおもしろいわよ」

エミリーは本をうけとったものの、すなおに、ありがとう、と言《い》いたくなるプレゼントではない。

「二階《かい》に持《も》ってって読《よ》むわ」エミリーは、よろこんでいないのがばれないうちにと、ばたばた逃《に》げていった。

エルグは、もう少《すこ》しましなものがもらえるといいな、とどきどきしていたが、やはり、たいしたものはもらえなかった。かたほうのはしがもうかたほうより細《ほそ》くなっている、ぴかぴかの赤いぼうが一本。

「これはたぶん、東洋《とうよう》のおはしよ。バザーで見つけたの」エルグの顔《かお》を見て、一本だけのおはしをあまり気に入っていないのがわかったのだろう、おばあちゃん四号《ごう》はまっ青《さお》になってドアによりかかり、きずついたように言《い》った。「魔法《まほう》の杖《つえ》だ、ってことにして遊《あそ》べばいいのに……」

このままじゃ、おばあちゃん四号《ごう》が気絶《きぜつ》しちゃう。エルグはあわてておはしをうけとり、〈発明《はつめい》〉の穴《あな》のひとつにつっこんだ。おはしは、つぶれた缶《かん》の中の時計《とけい》のぜんまいじかけに、うまいことささったらしい。

あわだて器《き》のハンドルをまわすと、焼《や》きぐしも、サーディンの缶《かん》の缶切《かんき》りも、ミキサーの刃《は》もいっせいにまわりだし、ガラガラ、カチャカチャ音をたてはじめた。ぐっとおもしろくなってきたぞ。

おばあちゃん四号《ごう》もだいぶ顔色《かおいろ》がよくなり、ちょっとあくびをかみころして言《い》った。「こんなかんたんなおもちゃでも楽《たの》しく遊《あそ》べるって、すばらしいことね！」

ちょうどそのとき、「来《き》たわよ！」と声《こえ》がして、おばあちゃん二号《ごう》がよろよろと入ってきた。ジャガイモを四ふくろ、オレンジをふたふくろ、それに健康食品《けんこうしょくひん》をどっさりかかえている。

おばあちゃん四号《ごう》は、自分《じぶん》はお呼《よ》びでなかったと気づいて、また気絶《きぜつ》しそうになった。おばあちゃん二号《ごう》も、おばあちゃん四号《ごう》に気づいて、ぱっとかけよった。

「あなた、いらしちゃいけなかったのよ。今《いま》にもたおれそうじゃないの！　二階《かい》に行《い》って、横《よこ》になりなさいな。わたしがお茶《ちゃ》をいれてあげますからね」

おばあちゃん二号《ごう》は、おばあちゃん四号《ごう》をつれて二階《かい》に上がっていった。

〈発明《はつめい》〉をしあげるまで、二人のおばあちゃんはたがいに世話《せわ》を焼《や》きあって、いそがしくしていてくれるだろう、と思《おも》って、エルグはうれしくなった。そしてまた台所《だいどころ》に行《い》って、こんどは、ひき肉機《にくき》の刃《は》、お湯《ゆ》の蛇口《じゃぐち》のハンドル、レンジ台《だい》のつまみ、それに、そうじ機《き》のごみをためておくふくろを固定《こてい》しているクリップを持《も》ってきた。

ほとんどのものが、ビスケットの缶《かん》のてっぺんにあいた穴《あな》からつきだしている、焼《や》きぐしやおはしの先に、うまいことくっつけられた。

エルグがあわだて器《き》のハンドルをまわすと、蛇口《じゃぐち》のハンドルも、ひき肉機《にくき》の刃《は》も、レンジ台《だい》のつまみも、とってもいい感《かん》じにくるくるまわる。時計《とけい》のぜんまいじかけがカタカタ鳴《な》り、缶《かん》はふくらんだりへこんだり、息《いき》をしているみたいだ。ガリガリ、カラカラ、全体《ぜんたい》がほんものの機械《きかい》みたいに動《うご》いている。

そうじ機《き》のふくろのクリップをどこにつけようか、と考《かんが》えながら、ふと見あげると、おばあちゃん一号《ごう》と目があった。おばあちゃん一号《ごう》だって？　エルグは信《しん》じられずにいったん目をふせ、もう一度《いちど》見あげてみた。ほんものだ。しかも、すごくおこってる。おばあちゃん一号《ごう》はこぎれいなスーツケースを床《ゆか》に下ろし、ふきげんそうに腕《うで》を組《く》んだ。

「旅行《りょこう》に行《い》ったんじゃなかったの？」エルグが言《い》うと、おばあちゃん一号《ごう》はきびしい声《こえ》で言《い》った。

「旅行《りょこう》はとりやめました。あなたたちのめんどうを見るためにね。そこに持《も》ちだしてるものを、すぐに台所《だいどころ》に返《かえ》してらっしゃい」

「でも、おばあちゃんは今《いま》、お休みなんでしょ。いけません、って言《い》うのもお休みにしたっていいんじゃない？」エルグは言《い》い返《かえ》した。

「人生はつねにきびしいものです。それを返《かえ》してこなきゃいけません」と、おばあちゃん一号《ごう》。

「もし『人生』がいつも、いけません、って言《い》うんなら、これを台所《だいどころ》に返《かえ》すのも、いけません、って言《い》うはずだよ」エルグはりくつをこねた。

でも、おばあちゃん一号《ごう》はとりあわず、ごついくつで床《ゆか》をふみならした。「ぐずぐずしないで、言《い》われたとおりになさい！」

「もう、うるさいなあ！」と、エルグ。

これがいけなかった。おばあちゃん一号《ごう》はエルグを、頭《あたま》の上からがんがんしかりつけた。「おばあちゃんにむかって、なんて口をきくの！」からはじまり、お説教《せっきょう》はえんえんと続《つづ》いた。

とうとうエルグも根負《こんま》けして、ぶすっとしたまま、台所《だいどころ》に部品《ぶひん》を返《かえ》しにいこうと、〈発明《はつめい》〉を持《も》ってろうかに出た。

そこへ、さわぎを聞《き》きつけたおばあちゃん二号《ごう》が、階段《かいだん》を下りてきた。おばあちゃん二号《ごう》は、おばあちゃん一号《ごう》を見て目をまるくした。「あなた、何《なに》しにいらしたの？」

「義務《ぎむ》をはたしにきたんです。孫《まご》のめんどうを見にね」おばあちゃん一号《ごう》は答《こた》えた。

「あら、わたしもよ。わたしがいるからだいじょうぶですよ」と、おばあちゃん二号《ごう》。

「だいじょうぶじゃありません。あなたはああだこうだと心配《しんぱい》するだけで、子どもをあまやかしますから」と、おばあちゃん一号《ごう》。

「あなたは子どもたちにきびしすぎるわ」おばあちゃん二号《ごう》が言《い》った。

おばあちゃん一号《ごう》が、びしっとやり返《かえ》そうと口をあけたとき、こんどはおばあちゃん四号《ごう》が、弱々《よわよわ》しく手をもみしだきながら、よろよろと階段《かいだん》を下りてきた。

おばあちゃん一号《ごう》は、信《しん》じられないというように、おばあちゃん四号《ごう》をさしていった。

「この人まで来《き》てるの？」

「ええ、でもこの人だけじゃ、子どもたちの世話《せわ》はできないわ」と、おばあちゃん二号《ごう》。

「できますとも……」おばあちゃん四号《ごう》は階段《かいだん》の手すりにしがみつき、ふるえ声《ごえ》を出した。

おばあちゃん一号《ごう》が、きっぱりと言《い》った。「来《き》てよかったわ。このわたしが、あなたたち全員《ぜんいん》のめんどうを見なきゃならないようね」

「わたしは、めんどうを見てもらう必要《ひつよう》なんかありません！」おばあちゃん二号《ごう》とおばあちゃん四号《ごう》が、声《こえ》をそろえた。

おばあちゃんが三人になったら、二人のときよりもっと、おたがいにいそがしくしてくれそうだ。

エルグはだいぶほっとして、台所《だいどころ》に入ると、お湯《ゆ》の蛇口《じゃぐち》のハンドルをもとどおりにとりつけ、レンジ台《だい》のつまみも、もとにもどした。ハンドルやつまみのようなめだつものがなくなっていたら、おばあちゃん一号《ごう》はきっと気づいてしまうだろうから。

そのあとエルグは勝手口《かってぐち》から外《そと》に出て、おもてにまわり、フランス窓《まど》から居間《いま》に入ると、ソファーのうしろの見つかりそうもないところに、〈発明《はつめい》〉をかくした。そしてもう一度《いちど》、ろうかに出てみると、おばあちゃんたちはまだ、ののしりあっていた。

「おばあちゃんたちが、そんなになかが悪《わる》いとは知《し》らなかったよ」エルグは言《い》った。

すると、けんかがぴたりとやんだので、エルグはおどろいてしまった。

おばあちゃんたちはいっせいにふりむき、わたしたちはとってもなかがいいのよ、とエルグに言《い》い、おたがいに、そうですよね、とうなずきあった。それから三人で、お茶《ちゃ》を飲《の》みましょう、と台所《だいどころ》に入っていった。

エルグはソファーのうしろにもどって、作業《さぎょう》を続《つづ》けた。

そうじ機《き》のふくろのクリップは、サーディンの缶《かん》づめの缶切《かんき》りのはしっこに、うまくとめられたが、この〈発明《はつめい》〉を完成《かんせい》させるには、まだ何《なに》かがたりない気がする。

でも、何《なに》がたりないのかはわからなかった。

おばあちゃんたちが階段《かいだん》を上がったり下りたり、ジャガイモをどこにおきましょうか、とさけんだり、ドアをガタガタさせたりするので、じっくり考《かんが》えていられなかったのだ。

やがて、おばあちゃん二号《ごう》が居間《いま》に入ってきた。「エルグや――おや、まあ！　エルグまでいないわ。ほんとに心配《しんぱい》だこと」

「ちゃんといるよ」

エルグは、ソファーのうしろからひょこっと顔《かお》を出し、おばあちゃん二号《ごう》にきかれるまえに説明《せつめい》した。

「かくれんぼしてたんだよ。どうかしたの？」

「エミリーが、バスルームにとじこもっちゃったの。いい子だから、上に行《い》って、あの子に出てくるように言《い》って」

エルグはため息《いき》をつき、二階《かい》に上がっていった。でも、バスルームのことを考《かんが》えたおかげで、〈発明《はつめい》〉をしあげるには何《なに》が必要《ひつよう》なのか、ひらめいた——ガラス管《かん》だ。映画《えいが》に出てくるふしぎな機械《きかい》みたいに、ガラス管《かん》の中で青い水があわだって、下のほうの穴《あな》からぽたぽた落《お》ちてきたらかんぺきだ。エルグはバスルームのドアをガンガンたたいた。

「あっち行《い》って！」中からエミリーの声《こえ》がひびいた。泣《な》いているみたいだ。「わたし、いそがしいの。おばあちゃん四号《ごう》がくれた本を読《よ》んでるんだから」

「なんでそんなとこで、読《よ》まなくちゃいけないの？」エルグはきいた。

「だって、おばあちゃんたちが、ジャガイモやオレンジをどこにおけばいいかとか、しょっちゅうきいてきて、じゃまするんだもん」

「出てこいって言《い》ってるよ」

「いやよ」エミリーの声《こえ》がバスルームの中にひびいた。「読《よ》み終《お》わるまでは出ない。すごくいい話《はなし》なの、とっても悲《かな》しくて」

　エルグは下に下《お》りていった。うしろではまだ、エミリーがすすり泣《な》いているのが聞《き》こえた。

　エルグは、ジャガイモやオレンジが山のようにおいてある台《だい》所《どころ》に入り、おばあちゃんたちに、エミリーは本を読《よ》んでるんだって、と教《おし》えてあげた。

　するとおばあちゃんたちは、かわるがわるバスルームの外《そと》までしのび足で行《い》っては、ドアノブをガタガタゆすり、外《そと》にお茶《ちゃ》をおいてありますよ、とエミリーに声《こえ》をかけた。

　おばあちゃんたちのすることって、一生理《いっしょうり》解《かい》できそうもないな、とエルグは思《おも》った。

「目が悪《わる》くなっちゃうわよ、気をつけてね。ドアの下から、ビスケットをおしこんであげましょう」おばあちゃん二号《ごう》がささやいている。

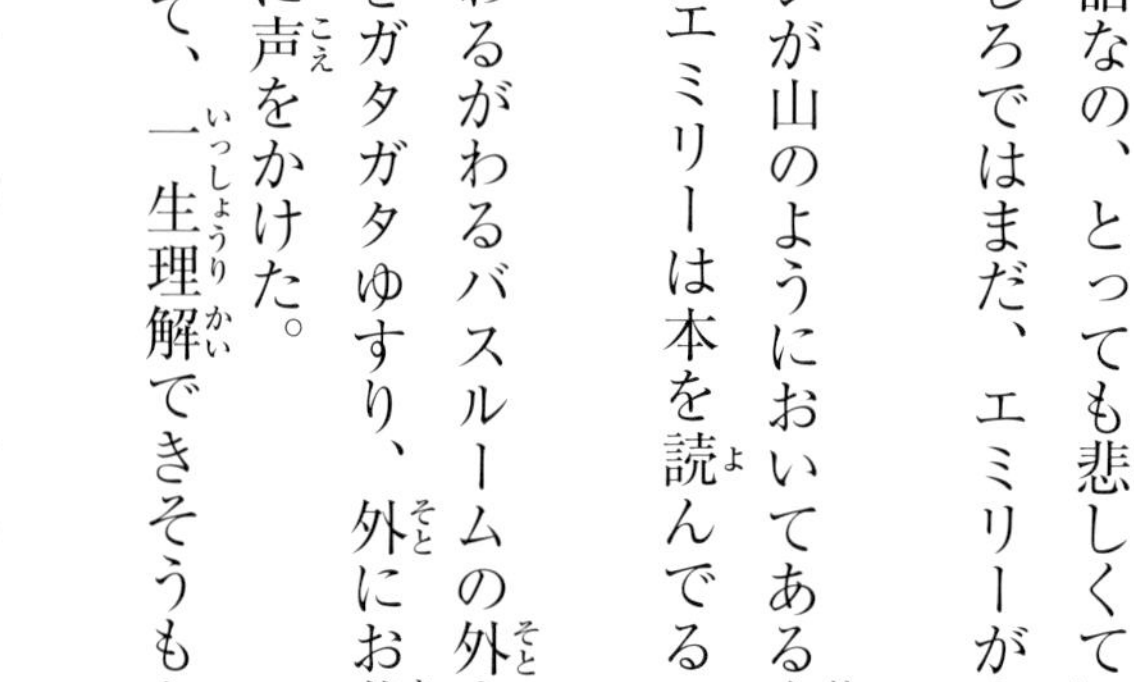

これでおばあちゃんたちは、またとうぶん、いそがしくしていてくれそうだ。エルグはまたソファーのうしろにもぐりこみ、青い水をうまくぽたぽた落《お》とす方法《ほうほう》を考《かんが》えることにした。

でも、まだ思《おも》いつかないうちに、おばあちゃんたちがぞくぞくと居間《いま》にやってきた。まず、おばあちゃん四号《ごう》が来《き》て、「エミリーがお茶《ちゃ》に手をつけてくれないの」と、ふるえ声《ごえ》で言《い》った。次《つぎ》におばあちゃん二号《ごう》が、「エミリーの目が悪《わる》くなっちゃうわ」と、心配《しんぱい》してやってきた。ついにおばあちゃん一号《ごう》が来《き》て、「あなたも外《そと》に出て、少《すこ》しはいい空気にあたりなさい」と言《い》いだしたときも、エルグはまだ、うまい方法《ほうほう》を思《おも》いついていなかった。

エルグはいらいらして、ぼくもバスルームにとじこもればよかった、と思《おも》った。でも、エミリーがようやく出てくると、エルグはますますいらいらすることになった。

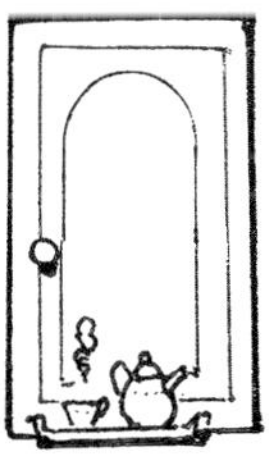

エミリーはまっすぐ近《ちか》づいてきてソファーにひざをつき、背《せ》もたれにどすんとあごをのせると、エルグの頭《あたま》の上から、あまったるいねこなで声《ごえ》で言《い》った。「何《なに》を作《つく》ってるの、大《だい》好《す》きなお兄《にい》ちゃま？」

エルグは、なんだか気持《きも》ち悪《わる》いな、と思《おも》って、エミリーを見あげた。

エミリーのほおにはなみだの流《なが》れたあとがあり、表情《ひょうじょう》は、おばあちゃん四号《ごう》よりももっといい人になったような感《かん》じだ。

「おまえ、どうしちゃったのさ？」と、エルグ。

エミリーは、おいのりをするみたいに天《てん》井《じょう》に目をむけて、言《い》った。

「わたし、よい子になるってちかったのよ、

2024

徳間書店の
絵本・児童文学

2月新刊案内

絵本『まよなかのかいじゅう』より

とびらのむこうに別世界《べっせかい》
BFC 徳間書店の児童書
BOOKS FOR CHILDREN

徳間書店の絵本・児童文学の背にはこのマークが入っています。読者のみなさまに、新しい世界との出会いをお約束する目印です。

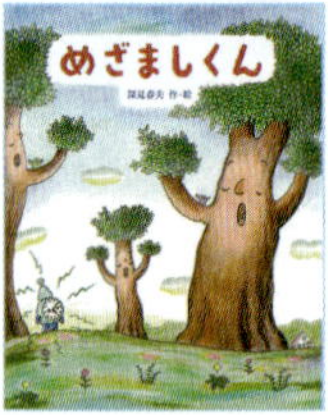

めざましくん

1月新刊

めざましどけいのめざましくん、春の朝、目をさますと、台所へ行って「ジリジリジリジリ」。おなべやポットたちが目をさまします。森にでかけて「ジリジリジリジリ」。森の木たちも起き上がりました。さて、めざましくんが起こしにいくようたのまれたのは…？　深見春夫の幻の名作が待望の復刊。

作・絵 深見春夫／27cm／28ページ／▲／定価1870円(税込)

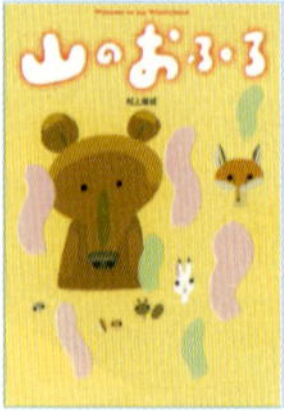

山のおふろ

雪の中で動けなくなったトガリネズミを助けた幼い兄妹が見たものは…？　美しい雪山に現れた、自然と人とをつなぐファンタジックな山の温泉を、日本絵本大賞受賞画家・村上康成が柔らかなタッチで描く新境地。豊かな自然のパノラマがたっぷり楽しめるワイドページ付き！　冬にぴったりの一冊。

作・絵 村上康成／31cm／36ページ／■／定価1650円(税込)

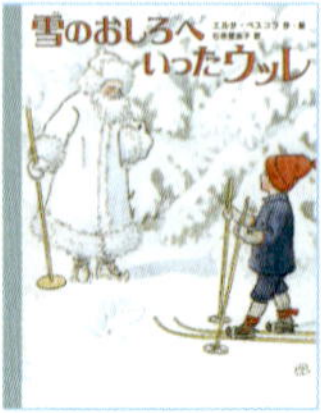

雪のおしろへいったウッレ

6歳の誕生日にスキーをもらった男の子ウッレは、スキーをはいて、雪の森にでかけました。森は、なんてきれいなんでしょう！　冬の王さまがやってきたのです。ウッレは霜じいさんに、王さまのお城へつれていってもらい…？　冬の訪れから春の始まりまでを、北欧の森を舞台に幻想的に描く名作絵本。

作・絵 エルサ・ベスコフ／訳 石井登志子／27cm／31ページ／■／定価1540円(税込)

おばあさんとトラ

冬の森を歩いていたおばあさんが、トラと出会いました。トラがすぐになついてきたので、おばあさんは家に連れて帰ることにしました。トラといっしょの毎日はとても楽しく、ふたりは、町じゅうの人気者になります。ところが…？　オランダで人気の絵本作家ユッテの、楽しくてちょっとほろりとする絵本。

作・絵 ヤン・ユッテ／訳 西村由美／30cm／56ページ／■／定価2200円(税込)

好評既刊（児童文学）

◆小学校低・中学年～　♥小学校中・高学年～　♣十代～

きつねのスケート

大きな湖のほとりにやってきた旅のきつね。森の動物たちに親切にしてもらったのに、やがて「こんな小さな森は退屈だ」と、湖のむこうの大きな森に行きたがるようになります。すると小さなのねずみが、ふしぎなことを言いだして…？　やんちゃなきつねと、ものしずかなのねずみの友情を、人気作家と人気画家が描く、心温まる創作幼年童話。

文 ゆもとかずみ／絵 ほりかわりまこ／A5判／80ページ／◆／定価1760円(税込)

町にきたヘラジカ

ある冬の日、イバールとワイノが家に帰ってくると、馬小屋から、みょうな鳴き声がしました。それは、おなかをすかせた、かわいそうなヘラジカでした！　町にやってきたヘラジカをめぐって、子どもたちと心優しい大人たちがおりなす、ほのぼのと楽しい物語。1969年に出版され、復刊の希望が高かった一冊です。

作 フィル・ストング／絵 クルト・ヴィーゼ／訳 瀬田貞二／A5判／120ページ／♥／定価1980円(税込)

ものだま探偵団　ふしぎな声のする町で

●緑陰図書　五年生の七子は、坂木町に引っ越してきたばかり。ある日、クラスメイトの鳥羽が、公園でしゃべっているのを見かけた。そばにだれもいないのに…。鳥羽は、ものに宿った「魂」、「ものだま」の声を聞くことができ、「ものだま探偵」として、この町で起こるふしぎなできごとを解決しているというのだ…。

作 ほしおさなえ／絵 くまおり純／B6判／248ページ／♥／定価1650円(税込)

西の果ての白馬

嵐で海岸に取り残された女の子は、今は使われていない古い坑道で、謎のふたりの男たちに出会い…？（「巨人のネックレス」）。妖精のおじいさんを助けたきょうだいはお礼に魔法の白馬をあずかり、じぶんたちの農場を助けてもらい…？（「西の果ての白馬」）。妖精や魔法の力が残るイギリスの西の果ての村をめぐる、心ひかれる珠玉の短編集。

作 マイケル・モーパーゴ／訳 ないとうふみこ／B6判／200ページ／♥／定価1760円(税込)

★いとうひろしの本★

ねこのなまえ

春の午後、一ぴきのねこがさっちゃんに話しかけてきました。自分はのらねこで、名前がないので、つけてほしい、というのです…。人気作家が贈る、ねこと女の子のユーモラスなやりとりが楽しい、あったかい絵本。子どもの名前にこめられた願いを、この本を読みながら親子で話しあってみてください。

作 いとうひろし／22cm／32ページ／▲／定価1430円(税込)

ねこと友だち

●産経児童出版文化賞推薦　ねこがおさかなと友だちになった。でもある日、おさかなを助けようとして匂いをかいでしまったねこは、急に食べたくてたまらなくなった。友だちを食べるわけにはいかない。ねこはさかなのいない国に行こうと、旅に出たけど…？　友だちを大切に思ったために思わぬ悩みを抱えたねこの姿を、ユーモラスに感動的に描きます。

作 いとうひろし／A5判／112ページ／◆／定価1430円(税込)

ごきげんなすてご

三か月まえ、弟がやってきた。弟の顔はおさるだった。でもお母さんは弟ばかりかわいがる。それならいいよ、あたしはすてごになって、すてきなおうちにもらわれるから…。家出した女の子が、「すてご仲間」になった犬、ねこ、かめといっしょに大活躍！　小さなおにいちゃん、おねえちゃんたちの心をきゅっとつかんだ、人気の幼年童話です。

作 いとうひろし／A5判／112ページ／◆／定価1430円(税込)

マンホールからこんにちは

おつかいの帰り道、かどをまがると、道のまんなかにでんしん柱がたっていた。へんだな、と思ってちかづくと、それはマンホールから首だけ出したきりんだった…。毎日のなにげない暮らしの中にかくれている「不思議」を人気作家が描く、楽しいナンセンス・ストーリーの傑作。おつかいに行くのが楽しみになりそう!?

作 いとうひろし／A5判／128ページ／◆／定価1540円(税込)

お兄《にい》ちゃま。おばあちゃま四号《ごう》がくださった本、とっても悲《かな》しくて、いいお話《はなし》だった。本に出てくる女の子もエミリーって名前《なまえ》なんだけど、悪《わる》い子だったから、ひどい罰《ばっ》をうけたの」

「あっち行《い》けよ」エルグは言《い》った。

おばあちゃん四号《ごう》だけでなく、エミリーまで聖人《せいじん》みたいないい人になっちゃったら、とてもたえられない。

エミリーがまた、ねこなで声《ごえ》を出した。「ああ、大好《だいす》きなお兄《にい》ちゃま、冷《つめ》たくしないで。わたし、そばにいて、お兄《にい》ちゃまのためにおいのりしなきゃ。お兄《にい》ちゃまはそのがらくたを作《つく》るために、台所《だいどころ》からいろんなものを持《も》ち出《だ》した、悪《わる》い子だもの」

「がらくたなんかじゃない！」エルグはどなった。

今《いま》まで、この〈発明《はつめい》〉がいったいなんなのか、ちゃんと考《かんが》えていなかったけれど、あんまりエミリーに腹《はら》がたったので、思《おも》わずきつい調子《ちょうし》で言《い》ってしまった。

「これは、ハンドルをまわすと願《ねが》いがかなう、〈おいのりマシン〉なんだぞ！」

「罰《ばち》あたりね！」エミリーは言《い》い、また天井《てんじょう》に目をむけた。

「さあ、いっしょにいのりましょう。どうか、わたしの愛《あい》する兄《あに》、アーチェンワルド・ランドルフ・ジャーヴィスが、よい子になりますよう――」

こんなひどい侮辱《ぶじょく》ってない。エルグは、かっとなった。このいやな長《なが》ったらしい本《ほん》名《みょう》で呼《よ》ぶやつは、ふつうならなぐってやることにしている。エミリーは、自分《じぶん》よりずっと体《からだ》が大きいから、なぐったことはないけど。

エルグは怒《いか》りにまかせて、あわだて器《き》のハンドルをすごいいきおいでまわしはじめた。つぶれた缶《かん》はぺこぺこふくらんだりへこんだりする。時計《とけい》のぜんまいじかけが中でガリガリ音をたて、おはしが回転《かいてん》し、焼《や》きぐしもくるくるまわった。サーディンの缶《かん》の缶切《かんき》りも、ひき肉機《にくき》の刃《は》も、ぐらぐら、ぐるぐるまわっている。

エルグは、はげしくまわしながらいのった。お願《ねが》い、お願《ねが》い、お願《ねが》い、お願《ねが》いお願《ねが》いお願《ねが》い。とうとうエルグは声《こえ》に出してさけんだ。

「エミリーをどっかへやって！　こんなやつ、いらない！」

〈おいのりマシン〉のたてるやかましい音にまじって、エミリーが聖人《せいじん》ぶるのをやめ、いつものようにエルグにむかってどなる声《こえ》が聞《き》こえたような気がした。でも、エルグはハンドルをまわす手を止《と》めなかった。お願《ねが》い、お願《ねが》い、お願《ねが》い、お願《ねが》いお願《ねが》いお願《ねが》い。

＊「エルグ」は、本名《ほんみょう》の三つの名前の、英語《えいご》の頭文字《かしらもじ》からつけたあだ名《な》。

しまいに、腕《うで》がつかれて動《うご》かなくなったので、エルグはまわすのをやめ、エミリーをにらみつけてやろうと顔《かお》を上げた。

が、エミリーのすがたは消《き》えていた。エミリーのいた場所《ばしょ》には、あごをソファーの背《せ》にのせた、大きな黄色《きいろ》いクマのぬいぐるみがあるだけだった。

エルグは目をまるくして、クマのぬいぐるみを見つめた。クマもエルグを見つめ返《かえ》した。ガラスの目は悲《かな》しそうで、黄色《きいろ》いふわふわの毛《け》が生《は》えた鼻《はな》づらも、まるで口をとがらせてエルグをせめているように見えた。

エルグはクマに言《い》った。「どっか行《い》っちまえ。おまえはエミリーじゃない。エミリーのふりをしてるだけだ」

でも、クマはいなくならなかった。ソファーの背《せ》におなかをもたせかけて、まだせめるようにこっちを見つめている。

エルグはこわごわ、〈発明《はつめい》〉に目をやった。これがほんとにおいのりをかなえてくれるなんてこと、あるのかな？　このおはしが、本当《ほんとう》に魔法《まほう》の杖《つえ》だったりして？　まさか、ありえない。でも、こんなぬいぐるみがこの家《いえ》になかったことはたしかだし、ふわふわの毛《け》が生《は》えた顔《かお》は、すごくエミリーににている。それに、大きい。エミリーは女の子にしては大きすぎるけど、こいつも、クマのぬいぐるみにしては大きすぎる。

おばあちゃんたちにこのことが知《し》れたら、なんて言《い》われるか、考《かんが》えただけでこわくなる。

エルグは立ちあがり、居間《いま》の中、それから庭《にわ》をさがしてみた。だが、エミリーはどこにもいない。エルグは、ほかの部《へ》屋《や》もさがそうと、ろうかに出た。

そのとたん、はっとして立ちどまった。

玄関《げんかん》のドアが大きくあいていて、おばあちゃん三号《ごう》が、まっ赤《か》なスーツケースをひきずりながら入ってくるところだった。おばあちゃん三号《ごう》まで来《く》るなんて！　エルグは目をまるくした。

おばあちゃん三号《ごう》の髪《かみ》は、今回《こんかい》はうすいピンクで、道《みち》においてある新《あたら》しい車はどぎつい緑色《みどりいろ》だった。

おばあちゃん三号《ごう》は言《い》った。「なによ、じろじろ見ることないでしょ。あなたたちの世《せ》話《わ》をしにきてあげたのに。エミリーはどこ？」

「知《し》らない」エルグは、うしろめたい顔をしないように気をつけながら言《い》った。

「あーら、あの子にすてきなドレスを持《も》ってきたのに」おばあちゃん三号《ごう》はスーツケースをおき、玄関《げんかん》のコートかけにかけてあったドレスを手にとって見せた。エルグは目をぱちぱちさせた。やけに小さいドレスで、エミリーどころか、クマのぬいぐるみにだって着《き》られそうもない。

でも、おばあちゃん三号《ごう》がだれかにプレゼントをするなんて、これがはじめてだ。

台所《だいどころ》のドアがあき、おばあちゃん四号《ごう》、二号《ごう》、一号《ごう》が、何《なに》ごとかと顔《かお》を出した。

おばあちゃん三号《ごう》は、おばあちゃん四号《ごう》と、そのうしろのおばあちゃん二号《ごう》、一号《ごう》の表情《ひょうじょう》を見て、歓迎《かんげい》されていないのに気づいたらしく、ピンクの髪《かみ》をなでつけ、しゃんと背《せ》をのばして言《い》った。

「来《こ》ないわけにはいかなかったわよ。かわいそうな子どもたちを二人っきりにしておくなんて、わたしの良心《りょうしん》がゆるさないもの」

おばあちゃん三号《ごう》が、自分《じぶん》には良心《りょうしん》があると思《おも》っている、と知《し》って、エルグはびっくりした。ぼくが何《なに》をしてもあんまり悪《わる》いことをしたと感《かん》じないのは、良心《りょうしん》のないおばあちゃん三号《ごう》の遺伝《いでん》だ、とずっと思《おも》っていたからだ。

エルグは、ほかのおばあちゃんたちの反応《はんのう》を見ようと、そちらに目をやった。

おばあちゃん二号《ごう》と一号《ごう》は、ものすごくきついことを言《い》う気でいたみたいに、息《いき》を吸《す》いこんだところだったが、エルグを見ると、言葉《ことば》をのみこんだ。

おばあちゃん三号《ごう》と四号《ごう》も、エルグを見た。

四人はそろって、にこやかな笑《え》みをうかべた。

エルグはげっそりした。どうやらぼくにも、良心《りょうしん》があったらしい。でなきゃ、あのクマのぬいぐるみのことで、こんなに気がとがめるはずはない。

おばあちゃん三号《ごう》が、明《あか》るく言《い》った。
「さあて、わたしは何《なに》をすればいいの？　エプロンは持《も》ってきたわ」

エルグはおばあちゃんたちから逃《に》げるように二階《かい》に上がり、のこりの部屋《へや》もさがしてみた。でも、エミリーはどこにもいない。もう一度《いちど》下に下《お》りてみると、クマはまだソファーの上で、エルグをせめるような目つきをしていた。

エルグもとうとう、みとめるしかなかった。どうやら本当《ほんとう》に、エミリーをクマに変《か》えてしまったらしい。

でも、おばあちゃんたちにうちあける勇気《ゆうき》はない。お昼《ひる》ごはんに呼《よ》ばれると、エルグは言《い》った。「エミリーは、またバスルームにとじこもっちゃったよ」

「でも、それじゃあの子、お昼《ひる》が食《た》べられないじゃないの」おばあちゃん四号《ごう》が、ふるえる声《こえ》で言《い》った。

おばあちゃん三号《ごう》は、まえからこの家《いえ》に住《す》んでいたみたいに、くつろいでいた。

「わたしたちの食《た》べるぶんが、ふえるってことよ。あら、ちょっと」おばあちゃん三号《ごう》は、一号《ごう》に声《こえ》をかけた。

「マッシュポテトには、クリームを入れなきゃ。少《すこ》し持《も》ってきたわよ」

おばあちゃん二号《ごう》は、そんなに落《お》ち着《つ》いてはいられないようで、「このままほうっておいたら、エミリーは変《か》わり者《もの》になっちゃうわ！」と言《い》うと、二階《かい》のバスルームに行こうとした。

エルグはあわてて、先まわりして走《はし》っていき、おばあちゃん二号《ごう》が着《つ》くまえに、バスルームのドアの下のすきまに、ろうかにしいてあったラグをおしこんで、あかないようにした。

おばあちゃん二号《ごう》がやってきて、ドアをガタガタゆすったり、大声《おおごえ》で呼《よ》んだりしているのにはかまわず、エルグはまた居間《いま》にかけおりた。

大きな黄色《きいろ》いクマのぬいぐるみは、まだソファーにのっていた。

でも、ぼくが見ていないとき、べつのものに変《か》わってしまったらどうしよう。エミリーって、いつもぼくをこまらせるからな。
そうなったら、もとにもどそうと思《おも》っても、もうエミリーを見つけられなくなってしまう。

そこでエルグは、お昼《ひる》ごはんの席《せき》に、クマをつれていくことにした。おばあちゃん三号《ごう》までが、こっちを見てやさしそうにほほえんだので、ひどくはずかしかった。
おばあちゃん四号《ごう》は、クマをエルグからだきとって、いすにすわらせると、「あら、クマちゃんなの？　いいわねえ」と、クマにマッシュポテトを食《た》べさせるふりをした。

おばあちゃん一号《ごう》は、エルグと、クマと、おばあちゃん四号《ごう》をじゅんに見つめて、鼻《はな》で笑《わら》った。さいごに、おばあちゃん二号《ごう》が下に下《お》りてきて、言《い》った。

「ああら、妖精《ようせい》さんがクマを持《も》ってきてくれたのね！　なんてすてきなんでしょう！」

　そのあいだにも、おばあちゃんたちはみんな、エミリーはどうしたのかしら、と首《くび》をかしげ、あの子は変《か》わり者《もの》になってしまったわね、となげいた。

　お昼《ひる》を食《た》べているとき、エルグはいいものを見つけた。ガラスの塩入《しおい》れだ。これで〈おいのりマシン〉もうまく完成《かんせい》できそうだ。この塩入《しおい》れに青い水を入れてさかさまにし、ストローをさしこみ、そこからぽたぽた落《お》ちるようにすればいい。そしたら、〈おいのりマシン〉はますます強力《きょうりょく》になって、エルグの願《ねが》いどおり、クマをエミリーにもどしてくれるだろう。でも、おばあちゃんたちが、クマのせめるような顔《かお》がエミリーにそっくりだ、と気づくまえに、完成《かんせい》させられるだろうか？

　四人のおばあちゃんにうんと用事《ようじ》を作《つく》って、考《かんが》えるひまがないようにしておかなくちゃ……。

お昼《ひる》ごはんが終《お》わると、おばあちゃんたちはめいめいエプロンをつけて、皿洗《さらあら》いにとりかかった。

エルグが、エミリーにごはんを持《も》っていこうか？　ときくと、おばあちゃん一号《ごう》が、エルグの手にオレンジをふたつおしつけて言《い》った。

「あんたもこれを食《た》べて、ビタミンをとりなさい」

「そうそう。エミリーのぶんは、ドアの下から入れてあげて」おばあちゃん二号《ごう》も言《い》った。

エルグは二階《かい》に行《い》き、クマのぬいぐるみとエミリーのお昼《ひる》ごはんを、浴槽《よくそう》の中においた。

それからまた、ドアがあかないように、下のすきまに外《そと》からろうかのラグをおしこむと、一階《かい》にもどった。そして、二個《こ》のオレンジの皮《かわ》をむき、細《こま》かくちぎって、居間《いま》のカーペットの上にまきちらした。

でも、おばあちゃんたちをいそがしくさせておくには、このくらいじゃたりない。

エルグがオレンジをがつがつ食《た》べて、もう入りそうもない、と思《おも》いながら顔《かお》を上げると、皿洗《さらあら》いをしていたはずのおばあちゃん一号《ごう》が、居間《いま》の入口でこわい顔《かお》をして、床《ゆか》にちらばったオレンジの皮《かわ》のかけらを見つめているのが目に入った。

「ぼくにそうじ機《き》かけさせて」エルグは明《あか》るく言《い》った。

「いいえ、いけません」おばあちゃん一号《ごう》は自分《じぶん》でそうじ機《き》をとってきて、プラグをしっかりとコンセントにさしこんだ。

おばあちゃん一号《ごう》がスイッチを入れるのを、エルグはわくわくして見《み》まもった。

ごみをためておくふくろを固定《こてい》していたクリップは、〈おいのりマシン〉に使《つか》ってしまったから、そうじ機《き》がうなりはじめたとたん、ふくろがはずれて、中のほこりが雲《くも》のようにぼわんと出てきた。それから、ばふっと大きなわたぼこりがとび出した。そのあとから、吸《す》いこんだばかりのオレンジの皮《かわ》が、うずまきながらひゅーっととび出てきた。

おばあちゃん一号《ごう》はあわててそうじ機《き》のスイッチを切《き》り、大声《おおごえ》でたすけを呼《よ》んだ。

まずおばあちゃん四号《ごう》が、とんできたけれど、あんまりほこりっぽいので、すぐにふらふらたおれそうになってしまった。

次《つぎ》におばあちゃん三号《ごう》が来《き》て、そうじ機《き》をひっくり返《かえ》すと、中にのこったごみが、いっぺんにどさっと落《お》ちた。

「機械《きかい》ってよくわからないのよね。修理《しゅうり》の人に電話《でんわ》しなくちゃ」おばあちゃん三号《ごう》は、いらいらしたように言《い》った。

そこへかけつけたおばあちゃん二号《ごう》が、息《いき》を切《き》らして言《い》った。「まずプラグをぬかないと、たいへんよ！電気《でんき》はずうっと流《なが》れこんでるんだから！」

「ばかばかしい！」おばあちゃん一号《ごう》が気をとりなおし、ぴしゃりと言《い》った。「エルグ、あなた、そうじ機《き》にいたずらしたんじゃないの？」

でも、エルグはもうぬき足さし足で台所《だいどころ》に入った

ところだった。急《いそ》いで塩《しお》入《い》れのふたをねじってはずし、中の塩《しお》を手近《てぢか》なものにあける——たまたまそこにあった、さとうつぼの中に。それから、透明《とうめい》なストローをひとたばひっつかむ。さいごに蛇口《じゃぐち》をひねり、洗《あら》いかけのお皿《さら》の上にジャーッと水を出した。

あっというまに、せんをしてある流《なが》しからあわだった水があふれ、床《ゆか》に流《なが》れだした。エルグは水道《すいどう》の蛇口《じゃぐち》をしめて、さけんだ。

「ねえ！　お水、出しっぱなしだったよ！」

おばあちゃんたちが、大あわてでもどってきた。

エルグはやった！　と思《おも》って、ほこりが立ちこめる居間《いま》にもどり、ソファーのうしろから〈おいのりマシン〉をひろいあげると、バスルームにとじこもった。

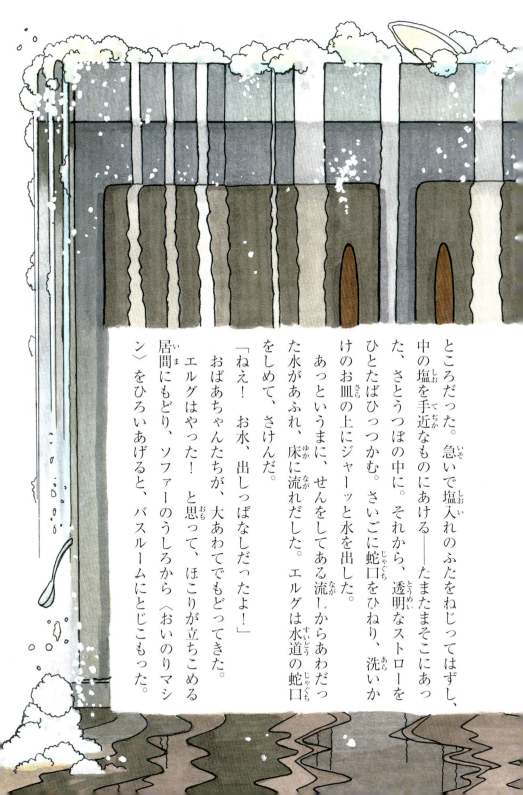

塩入《しおい》れとストローが手に入ったし、浴槽《よくそう》にはクマのぬいぐるみとエミリーのお昼《ひる》ごはんも入っている。これで少《すく》なくとも一時間《じかん》はゆっくりできるだろう、とエルグは思《おも》った。

でも、四人のおばあちゃんにじゃまされないよう、いそがしくさせておくには、ほこりと水だけではたりないようだった。

十分《ぷん》もすると、おばあちゃん四号《ごう》がバスルームのドアをたたいた。「エミリー、あなた、だいじょうぶ？」

「中にいるのはぼくだよ。エミリーは散歩《さんぽ》に出かけた」エルグはさけんだ。

おばあちゃん四号《ごう》がさけび返《かえ》した。「じゃあ、入れてくれない？　おばあちゃんは、横《よこ》になって休まなくちゃ。そのまえに顔《かお》を洗《あら》いたいの」

「だめだよ！」エルグはこわくなってさけんだ。このままじゃ、おばあちゃんたちは全員《ぜんいん》

すぐに上がってきて、お茶《ちゃ》を一ぱいどうだとか、湯《ゆ》たんぽはどこだとか、みんなでうるさくさわぎたてるに決《き》まってる。

「どうしてだめなの？」おばあちゃん四号《ごう》が、ふるえる声《こえ》できいた。

何《なに》か口実《こうじつ》になるものはないかと見まわすと、せんたくものを入れるかごが目に入ったので、エルグは言《い》った。「せんたくものがいっぱいあるんだ。下に持《も》っていこうか？」

「みんなに言《い》ってくるわ」おばあちゃん四号《ごう》はふるえ声《ごえ》で言《い》って、いなくなった。

せんたくかごをのぞくと、中はからっぽだったけれど、エルグは少《すこ》しもあわてず、着《き》ている服《ふく》をぬいでかごに入れた。どうせおばあちゃんたちは、ほとんど着《き》ていない服《ふく》まできたないって言《い》うんだから。

エルグは、エミリーの部屋《へや》と自分《じぶん》の部屋《へや》から、服《ふく》をありったけ集《あつ》めてきて、たたんであったのを広《ひろ》げ、手でくしゃくしゃにしてかごにつっこむと、新《あたら》しい服《ふく》に着《き》かえて、かごを下によろよろと運《はこ》んでいった。

「ほら、これ」エルグは、台所《だいどころ》の床《ゆか》にかごをひっくり返《かえ》し、くしゃくしゃの服《ふく》をどさっとあけた。

おばあちゃんたちは四人で、おばあちゃん三号《ごう》が持《も》ってきた箱入《はこい》りチョコレートを食《た》べているところだった。

せんたくものの山を見ると、おばあちゃんたちはてんでに顔《かお》をしかめ、がっかりしたような表情《ひょうじょう》になった。

おばあちゃん四号《ごう》は青くなった。

おばあちゃん二号《ごう》は、「流《なが》しに熱《あつ》いお湯《ゆ》をためてこなきゃ」と言《い》って、ぱっと立ちあがった。

「せんたく機《き》を使《つか》えばいいのに」エルグは言《い》った。

「あら、だめよ。水のあるところで電気《でんき》を使《つか》うと、電気《でんき》がせんたくものの中にしみこんじゃって、あぶないのよ」と、おばあちゃん二号《ごう》。流《なが》しで洗濯《せんたく》するほうが時間《じかん》がかかるから、ぼくにとってはつごうがいいかも。

エルグはさからわないことにして、からになったかごを持《も》って、バスルームにもどった。

それからトイレの貯水《ちょすい》タンクをあけ、トイレ洗浄剤《せんじょうざい》の青いかたまりをとりだした。これで水を青くして、塩入《しおい》れからぽたぽた落《お》ちるようにすればいい。

でもそのまえに、もう一度《いちど》おばあちゃんたちのようすを見てきたほうがいいだろう。

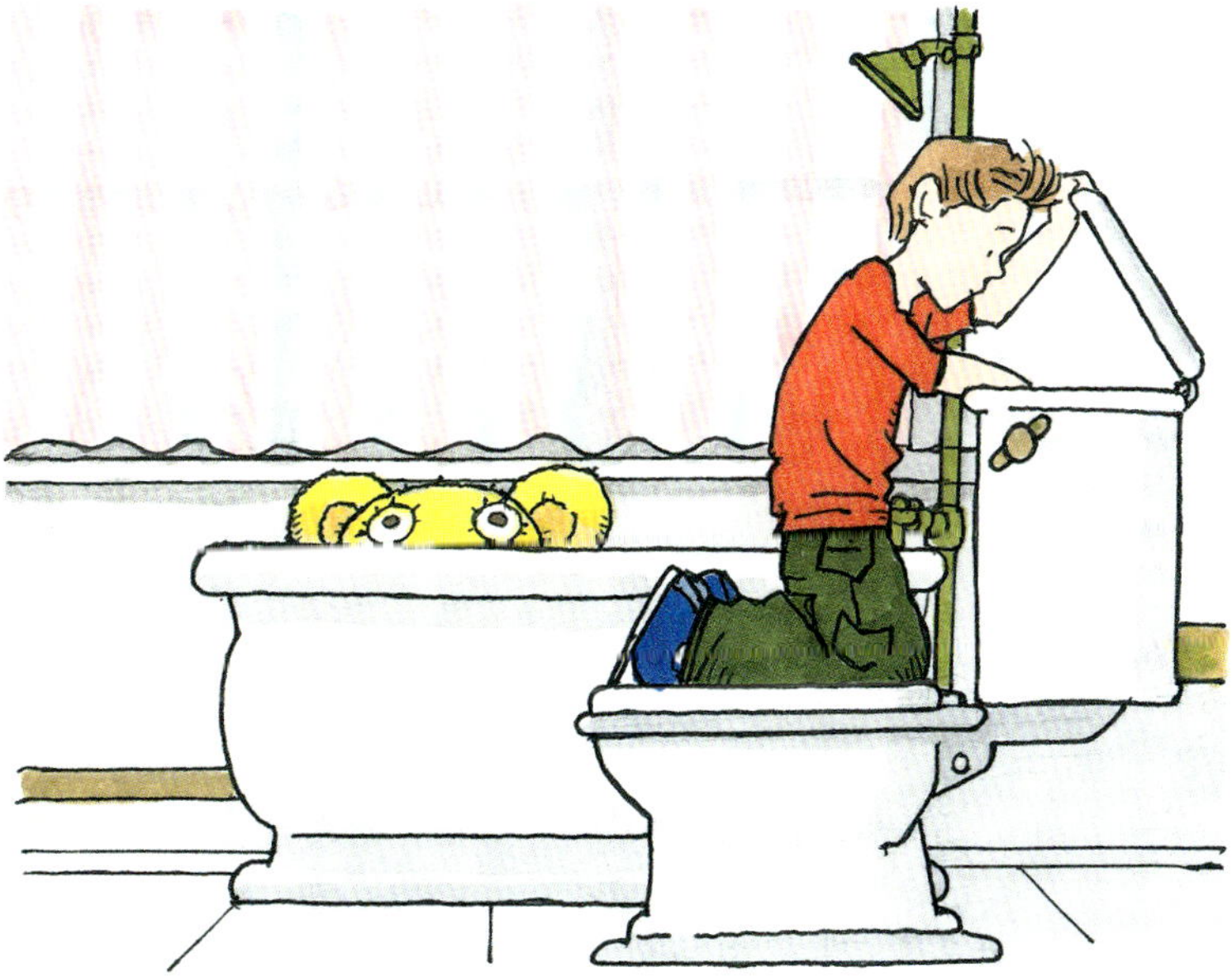

台所《だいどころ》のドアのすきまからのぞくと、おばあちゃんたちはやっぱり、エルグの思《おも》ったようには、だまされてくれなかったようだ。

おばあちゃん三号《ごう》は、せんたくものの山のまん中《なか》に立って、服《ふく》をよりわけていた。シャツを一まいとりだし、ばさばさふって、おばあちゃん一号《ごう》に手わたしながら、おばあちゃん三号《ごう》が言《い》った。

「これもきれいだわ。だれかさんは、わたしたちをいそがしくさせておきたいみたいだわね」

おばあちゃん一号《ごう》も、シャツを光《ひかり》にかざして言《い》った。

「ほんと。きれいだし、アイロンもかかってる」

おばあちゃん二号《ごう》は、おばあちゃん一号《ごう》からシャツをうけとり、しわをのばし、ていねいにたたんで、おばあちゃん四号《ごう》にわたした。

おばあちゃん四号《ごう》が、ほかのたたんである服《ふく》の山の上にシャツを重《かさ》ねようとふりむいて、エルグがのぞいているのに気づいた。「これをまた、上に持《も》っていってくれる？」

「わかった。ついでに、のこりのせんたくものも持《も》ってこようか？」と、エルグ。

次《つぎ》のシャツをじろじろと見ていたおばあちゃん三号《ごう》は、エルグをにらんだ。

「まだあるの？」

「うん、あるよ」エルグは言《い》った。何《なに》がなんでも、せんたくものを作《つく》りださなきゃ。

エルグは、きれいな服《ふく》の山を持《も》って二階《かい》に上がると、またバスルームにとじこもった。

しばらくのあいだ、おばあちゃんたちはいそがしくて、エミリーのことを考《かんが》えるひまはなかったはずだ。でもこの調子《ちょうし》だと、いつまた、エミリーはどうした、とききはじめてもおかしくない。

エルグは浴槽《よくそう》の中からお昼《ひる》ごはんのお皿《さら》をとりだし、きれいな服《ふく》の山からぬいたシャツ十まいに、食《た》べものをくっつけてよごした。でも、歯《は》ブラシでていねいにうすくのばしても、十まいよごしたところで、食《た》べものがなくなってしまった。

気がつくとエルグは、救《すく》いをもとめるように、洗面台《せんめんだい》の上においてあった〈おいのりマシン〉を見つめていた。このマシンには、さっきは青い水が入っていなかったけど、きき目《め》があったじゃないか。もう一度《いちど》ためしてみよう。エルグはあわだて器《き》のハンドルをまわした――お願《ねが》い、お願《ねが》い、お願《ねが》い、お願《ねが》いお願《ねが》いお願《ねが》い。

缶《かん》がぺこぺこ、ふくらんだりへこんだりした。ミキサーの刃《は》と、焼《や》きぐしと、サーディンの缶《かん》の缶切《かんき》りが、ギーギーいいながら回転《かいてん》する。そうじ機《き》のクリップやひき肉器《にくき》の刃《は》やおはしも、ぐらぐら、くるくるまわった。

エルグはせっせとまわしながらいいのった。おばあちゃんたちが、せんたくで手いっぱいになりますように！

気がつくと、さっき着《き》かえたばかりの服《ふく》も、お昼《ひる》ごはんとトイレの青い洗浄剤《せんじょうざい》で、すっかりきたなくなっていた。エルグはまた服《ふく》をぬいで、十まいのシャツといっしょにかごに入れた。それから、きれいな服《ふく》の山のいちばん上にあった服《ふく》を着《き》た。エミリーのネグリジェと、自分《じぶん》のジーンズと、エミリーの学校の制服《せいふく》のシャツだ。

エルグは、そのひらひらしたかっこうのまま居間《いま》に下《お》りていき、ほこりだらけの床《ゆか》でごろごろころがった。居間《いま》で、一人で弱々《よわよわ》しくはたきをかけていたおばあちゃん四号《ごう》が言《い》った。

「何《なに》をしているの？」

「アラブの石油王《せきゆおう》ごっこ」エルグは言《い》うと、こんどは庭《にわ》に出ていき、花壇《かだん》の中でころがった。

でも家《いえ》に入ってみると、おばあちゃん四号《ごう》はもう、居間《いま》にはいなかった。クマのぬいぐるみを手にバスルームの外《そと》にいて、エルグに声《こえ》をかけてきた。

「ほら、クマちゃんをわすれてるわよ」

エルグはぞっとした。おばあちゃんたちは、どうしていつも、ぼくの思《おも》ってたのとはちがうことをするんだろう。

エルグはドアに鍵《かぎ》をかけ、服《ふく》をぬぎ、次《つぎ》の服《ふく》に着《き》かえた。エミリーのタータンチェックのスカートと、フリルのついたブラウスだ。そして、バスルームのドアに外側《そとがわ》からラグをおしこんであかなくしてから、クマをつれて、下《お》りていった。

「こんどは何《なに》をしているの？」

おばあちゃん四号《ごう》がきいた。

「*スコットランドの北海油田《ほっかいゆでん》ごっこ。クマはスポーランのつもり」

エルグは外《そと》に出て、また花壇《かだん》でごろごろころがった。

今回《こんかい》は、じゃまされずにバスルームにもどることができた。でもまた次《つぎ》の服《ふく》——こんどは自分《じぶん》のしましまのパジャマ——に着《き》かえて出ていくときも、クマをおいていく気にはなれなかった。

「こんどは、病気《びょうき》ごっこしてるの」エルグはおばあちゃん四号《ごう》にきかれるまえに言《い》いわけして、また外《そと》に出ると、花壇《かだん》の中でごろごろした。

* スコットランドの男の人の民族衣装《みんぞくいしょう》は、タータンチェックのスカート。スポーランは、民族衣装《みんぞくいしょう》を着《き》たときに身《み》につける毛皮《けがわ》のふくろ。

エルグがまだころがっているところへ、おばあちゃん二号《ごう》と三号《ごう》が、せんたくが終《お》わった服《ふく》をかごに入れて、ものほしづなにほそうと庭《にわ》に出てきた。とりだしたスカートは、強《つよ》い風《かぜ》にあおられたように大きくふくらみ、ジーンズは、ばたばたはためいた。

おばあちゃんたちが苦労《くろう》して服《ふく》をおさえているのを、エルグは地面《じめん》に寝《ね》ころがったまま見《み》まもった。

スカートはいきなり飛《と》んでいきそうになったが、おばあちゃんたちがなんとか二人がかりでつかまえ、だいぶ手こずりながらも、せんたくばさみでとめた。次《つぎ》に二人がとりあげたドレスは、もっとばたばたはためいた。

エルグはつばでしめらせた人《ひと》さし指《ゆび》を立てて、風《かぜ》があるのかどうか、たしかめてみた。いや、ほとんどない。でもものほしづなにほされた服《ふく》は、すごい風《かぜ》にあおられたみたいに、はためいている。おもしろいな。

それはそうと、おばあちゃん一号《ごう》はどこにいるんだろう？

エルグは起《お》きあがり、おばあちゃん一号《ごう》のようすを見に、勝手口《かってぐち》から台所《だいどころ》に入っていった。

おばあちゃん一号《ごう》は台所《だいどころ》にはいなかった。

ちょうどエルグがあたりを見まわして、本当《ほんとう》にいないのかとたしかめているとき、水切《みずき》り台《だい》の上に山になっていたぬれたせんたくものが、ごろりところがり、べちゃっと台所《だいどころ》の床《ゆか》に落《お》ちた。水がじんわりしみだし、床《ゆか》に広《ひろ》がっていく。

エルグはわくわくして見まもった。

洗《あら》い終《お》わったせんたくものは、近《ちか》くのジャガイモの山にむかって動《うご》いているようだ。またよごれるつもりらしい。

エルグはうれしくなった。〈おいのりマシン〉がきいたんだ！

どろまみれのパジャマで二階《かい》に上がりながら、エルグは、あのおはしはほんとに魔法《まほう》の杖《つえ》みたいなものだったんだな、と考《かんが》えていた。あとは、青い水の細工《さいく》さえうまくいけば、〈おいのりマシン〉は完《かん》成《せい》して、エミリーをもとにもどすこともできるだろう。

おばあちゃん一号《ごう》は、バスルームの外《そと》でドアをノックしたり、ガタガタゆすったりしていたが、エルグに気づくと、ふり返《かえ》ってにらみつけた。

いくらおばあちゃん一号《ごう》でも、ここまでこわい顔《かお》をしていることは、めったにない。

「すぐにそのパジャマをぬぎなさい！　あなたもエミリーも、いったい何《なに》を――？」

エルグは急《いそ》いで言《い》った。

「せんたくものが、台所《だいどころ》の床《ゆか》に落《お》ちてたよ」

おばあちゃん一号《ごう》はあわてたようすでエルグをおしのけ、せんたくものをひろいに下《お》りていった。エルグはほっとして、またバスルームにとじこもり、クマを浴槽《よくそう》の中にもどした。

でも、四人のおばあちゃんにずっとじゃまをさせないなんて、子どもの自分《じぶん》にはとてもむりじゃないか、という気がしてきた。

ほかにも、こまったことがある。自分《じぶん》の服《ふく》で、着《き》られるものはもう一着《ちゃく》ものこっていない。全部《ぜんぶ》よごしてしまったのだ。エルグはパジャマのまま、ようやく塩入《しおい》れの細工《さいく》にとりかかった。

塩入《しおい》れに青い水をいっぱい入れたところで、また気がちることが起《お》こった。下の庭《にわ》から、ふるえるさけび声《ごえ》が何度《なんど》も聞《き》こえたのだ。

エルグはがまんできず、バスルームの窓《まど》をあけてのぞいてみた。

庭《にわ》じゅうにせんたくものがちらばっている。

スグリのしげみにひっかかって、ひらひらばたばたしているのもあるが、ほとんどは芝生《しばふ》の上をぐるぐる飛《と》びまわっていて、おばあちゃんたちが四人がかりで追《お》いかけている。

いいぞ、いいぞ。なんとしても今《いま》のうちに〈おいのりマシン〉を完成《かんせい》させなきゃ！

エルグは窓《まど》をしめた。

でも、なかなか思《おも》うようにはいかない。塩入《しおい》れのふたにあいている穴《あな》は小さすぎて、ストローが通《とお》らなかった。しかたがないので、焼《や》きぐしで穴《あな》を広《ひろ》げ、やっとストローは通《とお》せたが、こんどは〈おいのりマシン〉のてっぺんに、どうやって塩入《しおい》れをさかさまにくっつけたらいいかわからない。

苦労《くろう》のすえ、電気《でんき》ミキサーの刃《は》のあいだにむりやりおしこんではめた。でも、まだ青い水をぽたぽた落《お》とすところがうまくいかない。水はストローを通《とお》ってビスケットの缶《かん》の中に、一気《いっき》にジャーッと流《なが》れてしまうだけなのだ。あわだて器《き》のハンドルをまわしてみると、缶《かん》にあいた穴《あな》から、青い水がシャワーのようにとびちった。

「やんなっちゃうなあ！」エルグは、塩《しお》入《い》れにまた青い水を入れながら、ひとりごとを言《い》った。

何《なに》もかも手におえなくなってきた気がする。〈おいのりマシン〉はうまくできあがりそうもないし、どろだらけのパジャマの前《まえ》も、バスルームの床《ゆか》の大部分《だいぶぶん》も、青い水でびしょびしょになっている。

さらにまずいことに、おばあちゃんたちがまた、何《なに》やらどなりはじめたみたいだ。こんどは台所《だいどころ》から聞《き》こえてくる。

やがて、どやどやと階段《かいだん》を上がってくる足音がした。

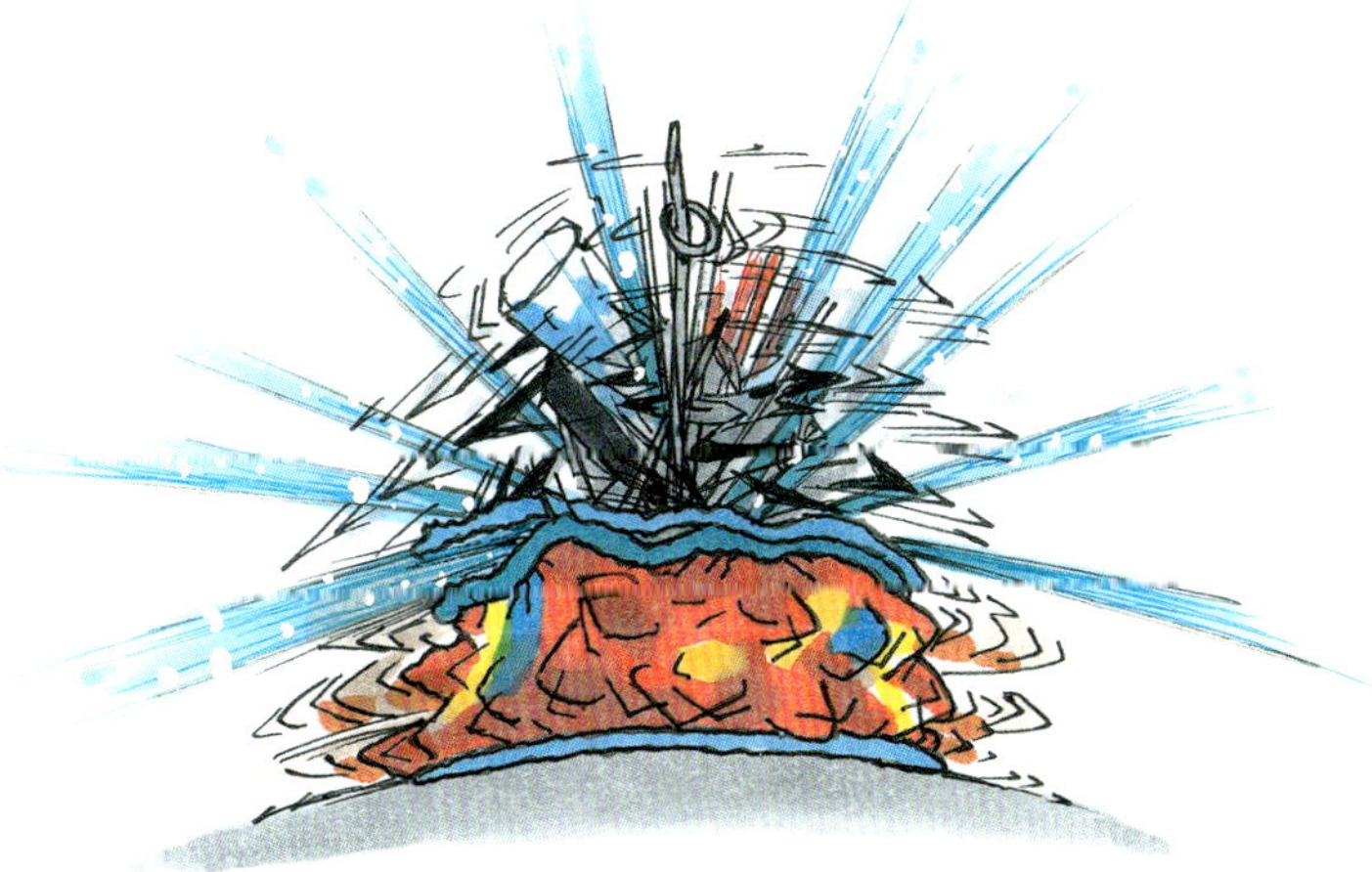

あっというまに、おばあちゃんは四人とも、バスルームのドアの外《そと》に来ていた。

「すぐに出てきなさい！」おばあちゃん一号《ごう》が、がみがみとどなった。

「みんな、とっても心配《しんぱい》してるのよ」おばあちゃん二号《ごう》が、かすれ声《ごえ》で言《い》った。

「なんてひどいことするの、さとうつぼにお塩《しお》を入れとくなんて」おばあちゃん四号《ごう》が、ふるえ声《ごえ》を出した。

それから、おばあちゃん三号《ごう》が言《い》った。「ねえ、エルグったら、エミリーをどうかしちゃったんじゃない？　わたし、ここに来《き》てから、まだエミリーを見かけてないもの」

エルグは本当《ほんとう》にこわくなり、うしろめたい気持《きも》ちでいっぱいになって、浴槽《よくそう》の中のクマの悲《かな》しそうな顔《かお》に目をやった。

ドアの外《そと》で、またおばあちゃん二号《ごう》の声《こえ》がした。「消防《しょうぼう》隊《たい》に電話《でんわ》して、この子を出してもらわなくちゃ」

「あとでたっぷりおしりをたたいてやるわ」おばあちゃん一号《ごう》も言《い》った。

エルグはもう聞《き》いていなかった。塩入《しおい》れとストローをまたもとの場所《ばしょ》につきさし、あわだて器《き》のハンドルをまわしはじめた。

お願《ねが》い、お願《ねが》い、お願《ねが》い、お願《ねが》いお願《ねが》いお願《ねが》い。

青い水がほとばしり、時計《とけい》の部品《ぶひん》がパシャパシャ鳴《な》った。おはしも、ミキサーの刃《は》も、塩入《しおい》れも、焼《や》きぐしも、サーディンの缶《かん》の缶切《かんき》りも、ひき肉器《にくき》の刃《は》も、ストローも、そうじ機《き》のクリップも、ぐるぐるぐるぐるまわっていた。

エルグはまわしながら必死《ひっし》でいのった。おばあちゃんは一人にして。四人なんて、とってても手におえないよ——お願《ねが》い！

バスルームのドアのむこうが、いきなりしーんと静《しず》かになった。うまくいったぞ！

それから、大きなふるえ声《ごえ》が外《そと》から聞《き》こえた。

「エルグ、エルグ、ドアをあけなさい！」

「すぐあける！」エルグはさけんだ。

ところが、そう言《い》い終《お》わらないうちに、バスルームのドアが、外《そと》からバーンとおしあけられ、かべにぶつかった。

エルグの願《ねが》っていたとおり、おばあちゃんが一人だけ、入ってきた。たしかに一人だけど……エルグはぞっとして、その見なれないおばあちゃんを見つめた。

背《せ》は百八十センチくらいあり、どこもかしこもばかでかい。髪《かみ》の毛《け》は、おばあちゃん三号《ごう》みたいにうすいピンク。顔《かお》はおばあちゃん一号《ごう》みたいにこわいが、おばあちゃん二号《ごう》のように心配《しんぱい》そうでもある。声《こえ》はおばあちゃん四号《ごう》のふるえ声《ごえ》だが、四倍《ばい》も大きい。

ひと目見ただけで、四人のおばあちゃんが合体《がったい》したんだと、エルグにはわかった。四人がまとまってひとつになり、スーパーおばあちゃんになっちゃったんだ。エルグはとびあがり、逃《に》げだそうとした。

スーパーおばあちゃんは、エルグにつかみかかってきた。かた手《て》で、エルグの腕《うで》を万力《まんりき》のようにしめつけると、スーパーおばあちゃんはバスルームの中をするどい目つきで見まわし、ふるえ声《ごえ》でおどすように言《い》った。

「なんです、このひどいありさまは？　それに、エミリーはどこです？」

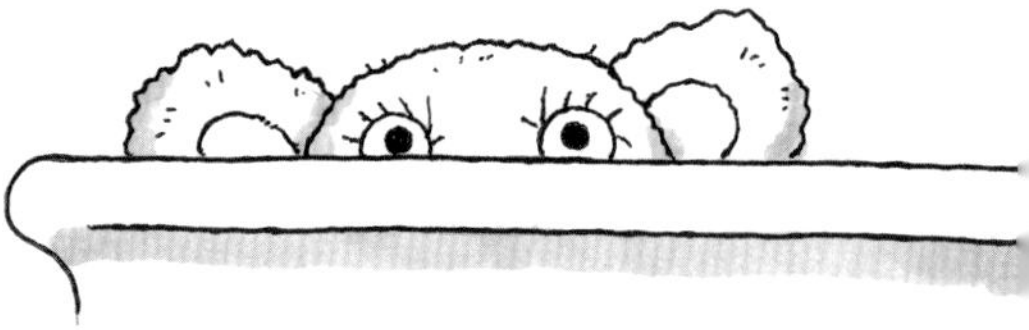

本当《ほんとう》のことを言《い》う勇気《ゆうき》はなかった。エルグは、クマのせめるような目つきをさけながら言《い》った。「エミリーは公園《こうえん》に遊《あそ》びにいった」

「よろしい。じゃあ、むかえにいきましょう。さあ、いっしょにいらっしゃい」

「こんなかっこうじゃ行《い》けないよ！」エルグは、青い水でぬれた、どろだらけのパジャマを見おろして言《い》った。

おばあちゃんたちは四人とも、つごうの悪《わる》いときには、ちょっと耳が遠《とお》くなるくせがあったが、スーパーおばあちゃんは、とてもとても耳が遠《とお》かった。

「いらっしゃい」スーパーおばあちゃんはまた言《い》うと、浴槽《よくそう》からクマをとりあげて、エルグの両手《りょうて》におしこんだ。「妖精《ようせい》さんがくれたクマちゃんを、わすれちゃだめよ」そして、エルグをドアのほうにぐいぐいひっぱっていった。

エルグは頭《あたま》の中がまっ白《しろ》になった。でも、ひっぱっていかれるとちゅう、とっさにかたほうの手からクマをはなして、洗面台《せんめんだい》の上の〈おいのりマシン〉をぱっとつかむことはできた。

階段《かいだん》をひきずりおろされていくときも、〈おいのりマシン〉から青い水がぽたぽたこぼれて、エルグの足をつたって落《お》ちていたが、エルグはぜったいに〈おいのりマシン〉をはなさなかった。すきを見て、すぐにまたあわだて器《き》のハンドルをまわして、スーパーおばあちゃんなんか火星《かせい》に送《おく》ってやる――こんな怪物《かいぶつ》、火星《かせい》に行《い》くのがぴったりだ。だが、玄関《げんかん》の前《まえ》まで来《き》たとき、スーパーおばあちゃんは、めざとく〈おいのりマシン〉を見つけてしまった。「そんなきたならしいもの、持《も》っていってはいけません」

スーパーおばあちゃんは、エルグの手から〈おいのりマシン〉をもぎとり、床《ゆか》に投《な》げすてた。エルグはがっかりして、クマも床《ゆか》に落《お》とした。

が、スーパーおばあちゃんはクマをひろいあげ、またエルグの腕《うで》におしつけた。

「さあ、いらっしゃい」

いつのまにか、エルグは家《いえ》の外《そと》の通《とお》りにひっぱりだされてしまった。青くぬれたパジャマのまま、かた手に巨大《きょだい》なクマをかかえ、もうかたほうの手は、スーパーおばあちゃんにぎゅうっとにぎられている。

うしろで、玄関《げんかん》のドアがバタンとしまった。その音で、ロックがかかってしまったのがエルグにはわかった。「おばあちゃん、鍵持《かぎも》ってるの？」エルグは必死《ひっし》になってきいた。

四人のおばあちゃんたちは、つごうの悪《わる》いときには、うわのそらになるくせがあったが、スーパーおばあちゃんは、とてもとてもうわのそらだった。「さあねえ。さ、行《い》きましょう」

これでもう、家《いえ》に入れない。しかも、〈おいのりマシン〉は家《いえ》の中だ。せっぱつまったエルグは、おばあちゃん三号《ごう》のどぎつい緑色《みどりいろ》の車の横《よこ》で、足をふんばった。「じゃ、公園《こうえん》まで車で行《い》こうよ」

でも、免許《めんきょ》を持《も》っているのは、おばあちゃん三号《ごう》だけだ。三対《たい》一で能力《のうりょく》がうちけされてしまったらしく、スーパーおばあちゃんは、「車の運転《うんてん》なんてできないわ」と言《い》った。

エルグはスーパーおばあちゃんとならんで、歩道《ほどう》をとぼとぼ歩《ある》いていくしかなかった。

近所《きんじょ》の知《し》りあいと次々《つぎつぎ》すれちがったけれど、みんな、ピンクの髪《かみ》のばかでかい女の人なんて毎日《まいにち》見なれている、とでもいうように、おばあちゃんには目もくれない。でもエルグのことは、みんなじろじろ見た。青くよごれたパジャマも、巨大《きょだい》なクマのぬいぐるみも……。

エルグは、ピクト人*が、凶暴《きょうぼう》なクマを殺《ころ》した罪《つみ》で、ひったてられていく、という遊《あそ》びをしているんだよ、というふりをして、芝居《しばい》がかった表《ひょう》情《じょう》をうかべてみた。でも、顔《かお》だけではそこまでわかってもらえないのか、あるいはお芝居《しばい》がへたなのか、ほとんどの人に声《こえ》をたてて笑《わら》われてしまった。

＊　一～四世紀にスコットランドに住《す》んでいた古代英国人《こだいえいこくじん》。青い染料《とりょう》で体《からだ》に模様《もよう》を入れていたとされる。

公園《こうえん》に着《つ》くと、人はあまりいなくて、女の子が何人《なんにん》かブランコに乗《の》っているだけだったので、エルグはほっとした。

スーパーおばあちゃんはもう、エミリーをさがしにきたことなど、わすれてしまったようだった。でも、だからといって、エルグが助《たす》かったというわけではない。

スーパーおばあちゃんは、エルグをすべり台《だい》やブランコがあるほうにつれていくと、「すべり台《だい》で遊《あそ》んでいらっしゃい。わたしは、つかれた足を休めてるから」と言《い》って、ベンチにどさっとすわりこんだ。

でも、エルグは遊《あそ》ぶ気になんてなれなかった。「もしすべり台《だい》で遊《あそ》ばなかったら、どうする？」

「言《い》うことを聞《き》かない男の子には、おそろしい罰《ばっ》が待《ま》っているわよ」スーパーおばあちゃんは、落《お》ち着《つ》きはらった、ふるえ声《ごえ》で言《い》った。

スーパーおばあちゃんのようしゃのない目つきからして、ほんとにおそろしい罰《ばっ》が待《ま》っているのはまちがいない。

エルグはしぶしぶ、クマをすべり台《だい》の階段《かいだん》の下に立てかけると、のぼりはじめた。

てっぺんまでのぼったら、ブランコをこいでいる女の子たちからも、まる見えだ。きっとまた、笑《わら》われるだろうな。

が、てっぺんまで上がってみると、ブランコのところにいた女の子たちはいなくなって、大きな女の子が一人のこっているだけだった。

足を前《まえ》にまっすぐつきだしていないと、ブランコがこげないくらい、体《からだ》の大きな女の子だ。

エルグはすべり台《だい》のてっぺんにすわりこんで、まじまじと見つめた。

エミリーだ！

自分《じぶん》の目が信《しん》じられず、エルグはふり返《かえ》り、下を見てみた。大きな黄色《きいろ》いクマのぬいぐるみは、まだすべり台《だい》の階段《かいだん》に立てかけられている。

ええっ？　ぼくの〈発明《はつめい》〉は、けっきょく、〈おいのりマシン〉なんかじゃなかったってこと？

エルグは期待《きたい》をこめて、ベンチのほうをうかがった。

でも、スーパーおばあちゃんは、消《き》えうせたりはしていなかった。ベンチにすわったまま、いねむりしているらしく、ピンクの髪《かみ》の頭《あたま》が、がくりがくりと大きくゆれている。

エルグはすべり台《だい》を、えいっと一気《いっき》にすべりおりて下に着《つ》くと、ぬいぐるみをかかえ、ブランコにむかって全力《ぜんりょく》で走《はし》りだした。

「エミリー！」エルグは息《いき》を切《き》らして言《い》った。「どうしてたの？　どこにいたのさ？」

エミリーは、エルグを冷《つめ》たい目つきで見返《みかえ》した。

「お友《とも》だちのジョセフィンのところでお昼《ひる》をごちそうになったのよ……お兄《にい》ちゃま」とつけくわえると、エミリーは立ちあがって、ブランコをうしろにひき、今《いま》にも前《まえ》にこいで、エルグのおなかをけとばしそうなかっこうになった。

「ねえ、つっかかるなよ、たのむから！」
エルグはなだめるように言《い》った。「なんでだまって出てっちゃったのさ？」
「お兄《にい》ちゃまがいじわるしたからよ。それに、玄関《げんかん》のドアをあけたら、大きらいなおばあちゃん三号《ごう》が外《そと》にいて、そのクマのぬいぐるみを車から出そうとしてた。わたし、会《あ》いたくなかったから、おばあちゃん三号《ごう》がお兄《にい》ちゃまにクマをあげようと家《いえ》に入るとき、玄関《げんかん》のドアのうしろにかくれてて、それからジョセフィンのうちまで走《はし》っていったの」
じゃあ、クマは、おばあちゃん三号《ごう》が持《も》ってきたものだったのか。何《なに》もかも、かんちがいだったんだ。

だけど、まちがえたのもむりはない。おばあちゃん三号《ごう》が何《なに》かをくれたことなんて、今《いま》までなかったもの。

まあ、ぼくの思《おも》いちがいだったことに、変《か》わりはないけど。

と、まずいことに、エルグがすべり台《だい》にいないことに気づいたスーパーおばあちゃんが、ぱっと立ちあがり、ブランコのほうへのしのし近《ちか》づいてきた。巨大《きょだい》なフクロウの鳴《な》き声《ごえ》みたいな、長《なが》くのばしたふるえ声《ごえ》で、エルグの名前《なまえ》を呼《よ》びながら。

あまりにもやかましいので、公園《こうえん》の反対側《はんたいがわ》にいた人まで、何《なに》ごとかと集《あつ》まってくる。せまってくるスーパーおばあちゃんを見ながら、おぼれて死《し》にかけた人が、いろんなできごとをいっぺんに思《おも》い出《だ》すみたいに、エルグの頭《あたま》に次々《つぎつぎ》といろんなことがうかんだ。

ようやくわかった。

〈おいのりマシン〉は、さいしょっから効果《こうか》があったんだ。

ぼくは、エミリーをクマに変《か》えてくれなんてたのんでない。どっかにやってくれとたのんだから、そのとおりになっただけなんだ。

青い水なんて必要《ひつよう》なかった。青い水を入れないうちから、〈おいのりマシン〉は、おばあちゃんたちをせんたくでてんてこまいさせてくれた。

〈おいのりマシン〉を組《く》み立《た》てる必要《ひつよう》も、なかったのかも。あのおはしが、やっぱり魔法《まほう》のおはしだったんだ……。

エルグは、のしのしせまってくるスーパーおばあちゃんのすがたを、みじめな気持《きも》ちで見つめながら、もうひとつだいじなことを思《おも》い出《だ》していた。

魔法《まほう》が出てくるこういうお話《はなし》では、いつだって、かなえてもらえる願《ねが》いは三つだ。ぼくはもう、三回願《かいねが》いごとをしちゃった。だから、スーパーおばあちゃんを消《け》す方法《ほうほう》はのこっていない……。

巨大《きょだい》なスーパーおばあちゃんが走《はし》ってくるのを見て、エミリーは目をまるくした。「あれ、いったいだれ？」

「スーパーおばあちゃんだよ。四人が合体《がったい》しちゃったんだ。で、ぼくを追《お》いかけてきてる。助《たす》けてくれよ。もう二度《にど》といじわるしないから」エルグはたのんだ。

「そんな約《やく》束《そく》したって、守《まも》らないくせに」

　エミリーは言《い》ったけれど、ブランコから手をはなし、すっくと立ちあがった。

　スーパーおばあちゃんはどすどすやってくると、大声《おおごえ》で言《い》った。

「ここにいたのね、エミリー！　とっても心配《しんぱい》したのよ！」

「公園《こうえん》にいただけじゃない。もう、うちに帰《かえ》ろうよ」と、エミリー。

　エミリーがスーパーおばあちゃんに負《ま》けないくらい大きく見えたので、エルグは感心《かんしん》した。

　スーパーおばあちゃんも、「そうね」と言《い》って、おとなしく歩《ある》きだした。

エミリーがクマをひろってわたすと、スーパーおばあちゃんは文句《もんく》も言《い》わずうけとった。

三人は家《いえ》にむかって歩《ある》いていった。

エルグはエミリーにささやいた。「うちに入れないかもしれないよ？　出るとき、鍵《かぎ》がかかっちゃったみたいなんだ」

「だいじょうぶ。わたし、鍵《かぎ》を持《も》ってる」

家《いえ》の近《ちか》くまで来《く》ると、スーパーおばあちゃんは、きゅうに、足がいたいと言《い》いだし、めまいがして歩《ある》けなくなって、エルグとエミリーによりかかってきた。

エミリーが鍵《かぎ》を出して、玄関《げんかん》をあけているあいだ、エルグは、スーパーおばあちゃんのとてつもない体重《たいじゅう》を、よろよろしながら一人で支《ささ》えるはめになった。

「うわあ、たいへん！」ドアをあけたエミリーがさけんだ。

玄関《げんかん》には、よごれた衣類《いるい》があふれていた。

よごれたままかわいてしまった服《ふく》が、ぴょんぴょん、くねくね、階段《かいだん》をおりてくる。台《だい》所《どころ》からは、ぬれたきたない服《ふく》が、ずるずるべちゃべちゃ、はいだしてくる。

エミリーは、ぞっとしたようにスーパーおばあちゃんを見やると、中にとびこんで、いちばん近《ちか》くのきたないジーンズをつかまえようとした。

と、エミリーは床《ゆか》のまん中《なか》に落《お》ちていたエルグの〈発明《はつめい》〉につまずいて、ばったり前《まえ》にたおれてしまった。

バリッ、ボキン。あわだて器《き》のハンドルが根《ね》もとから折《お》れて、缶《かん》の片側《かたがわ》へころがった。

おはしも折《お》れて、反対側《はんたいがわ》にころがった。

「いたーい！」エミリーが言《い》った。

とびまわっていた服《ふく》がみんな、ばさっとその場《ば》に落《お》ち、動《うご》かなくなった。

エルグは、スーパーおばあちゃんの太《ふと》くて強《つよ》そうな腕《うで》をつかんで支《ささ》えていたが、その腕《うで》が両手《りょうて》のあいだで、ほどけていくような感《かん》じがした。

気がつくと、エルグは四人のおばあちゃんの腕《うで》を一本ずつかかえていた。

エルグはあわてて手をはなしたが、四人のおばあちゃんにかこまれてしまっている。

四人とも目をまるくして、玄関《げんかん》を見つめていた。

「立ちなさい、エミリー！」おばあちゃん一号《ごう》が、がみがみ言《い》った。

「まあ、エルグ！　パジャマで外《そと》に出るなんて！　あなた、ほんとに、変《か》わり者《もの》になっちゃったのねえ！」と、おばあちゃん二号《ごう》。

「クマをあげるのはやめたわ。なによ、このちらかりよう！　あなたには、いいおもちゃをもらう資《し》格《かく》なんかありません！」と、おばあちゃん三号《ごう》。

「おいしいお茶《ちゃ》でも飲《の》みましょうよ……」おばあちゃん四号《ごう》がふるえ声《ごえ》で言《い》った。それから、思《おも》い出《だ》したようにはっと息《いき》をのみ、まっ青《さお》になって、弱々《よわよわ》しくつけくわえた。「おさとうは、入れないことにしましょうね。でないと……」

エルグは四人のおばあちゃんの顔《かお》をじゅんぐりに見つめた。とてもほっとしていたし、エミリーに、ありがとうと言《い》いたい気持《きも》ちでいっぱいだった。

でも、これからおばあちゃんたちとすごす三日間《みっかかん》は、どう考《かんが》えても、悲惨《ひさん》なことになりそうだった。

訳者《やくしゃ》あとがき

おばあちゃんって、子どもにとっては本当《ほんとう》にふしぎな人たちに見《み》えますよね。ことわざみたいな、むずかしい言葉《ことば》で、おんなじことばかり言《い》っていたり、いつも何《なに》かしら心配《しんぱい》していたり、とってもじみな色《いろ》の服《ふく》を着《き》ているかと思《おも》うと、べつのおばあちゃんは、目がちかちかするほどはでな服《ふく》を着《き》ていたりします。どちらも、おばあちゃん専用《せんよう》の店《みせ》でしか売《う》っていないような、へんてこな服《ふく》です。髪《かみ》の毛《け》がピンクだったり、むらさきだったりするおばあちゃんもいます。

孫《まご》たちをかわいがってはくれるけど、どこかピントがずれていて、あまりうれしくないプレゼントをくれたり、遊《あそ》んでくれるかと思《おも》ったら、あっというまにつかれてしまったり。まったく理解《りかい》しがたい存在《そんざい》でしょう。

でも、おばあちゃんのがわから見ても、エネルギー全開《ぜんかい》の子どもはまったくの宇宙人《うちゅうじん》なのです。わたしにも孫《まご》がいますが、自分《じぶん》の子どもを夢中《むちゅう》で育《そだ》てていた時代《じだい》とはちがって、

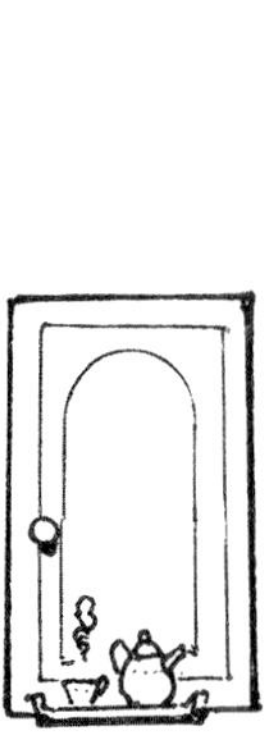

孫《まご》ともなると、見ていておもしろくはあるのですが、こちらの体力《たいりょく》がもちません。

この本の主人公《しゅじんこう》エルグと妹《いもうと》のエミリーには、なんとおばあちゃんが四人もいます。お父《とう》さんとお母《かあ》さんが再婚《さいこん》どうしで、それぞれに、もともと二人ずつおばあちゃんがいたからです。一人のおばあちゃんでも、相手《あいて》をするのはたいへんなのに、四人のおばあちゃんがせいぞろいしたら、とても子どもの手にはおえません。おばあちゃんをなんとかしてくれる魔法《まほう》でもないことには、どうしたらいいのかわかりません……。

作者《さくしゃ》のダイアナ・ウィン・ジョーンズは、「ファンタジーの女王」と呼《よ》ばれるイギリスの作家《さっか》です。おもに子どもむけのお話《はなし》を、五十冊近《さつちか》く書《か》いていて、「大魔法使《だいまほうつか》いクレストマンシー」のシリーズや、映画《えいが》にもなった「ハウルの動《うご》く城《しろ》」のシリーズなど、徳間書店《とくましょてん》からもたくさんの本が出ています。どれも、魔法《まほう》とおどろきとユーモアがいっぱいつまった、びっくり箱《ばこ》のように楽《たの》しいお話《はなし》ばかり。この本も、四人それぞれ個性《こせい》にあふれたおばあちゃんたちや、生き生きとした子どもたちがくりひろげる、とびきりゆかいな物語《ものがたり》です。

そして、ただおかしいというだけでなく、とっぴょうしもない設定《せってい》の中でも、一人一人の登場人物《とうじょうじんぶつ》にしっかりリアリティーがあるので、たとえばエルグが次々《つぎつぎ》にしでかす「いたずら」も、やってしまう気持《きも》ちがむりもないな、と思《おも》えて、「うんうん、悪気《わるぎ》がないのはわかるよ。でも、そんなことしちゃってだいじょうぶ？　よけいたいへんになっちゃうけど？」と、ハラハラドキドキできるんです。さすが、人間観察《にんげんかんさつ》がうまく、子どもだったころの気持《きも》ちをわすれていない、ジョーンズならではの作品《さくひん》です。

この物語《ものがたり》は、はじめ『魔法《まほう》！　魔法《まほう》！　魔法《まほう》！』というジョーンズの短編集《たんぺんしゅう》に収録《しゅうろく》されましたが、今回《こんかい》、ダイアナ・ウィン・ジョーンズのさし絵《え》ならこの人！　と定評《ていひょう》のある佐竹美保《さたけみほ》さんの楽《たの》しいカラーさし絵《え》を、ふんだんに入れて、美《うつく》しく生まれかわりました。それにともなって、訳文《やくぶん》の見なおしもさせていただきました。

このお話《はなし》を楽《たの》しんでくださった方《かた》はぜひ、同《おな》じように佐竹《さたけ》さんの絵《え》を楽《たの》しめる『アーヤと魔女《まじょ》』『ぼろイスのボス』も手にとってみてくださいね！

二〇一六年六月　野口絵美《のぐちえみ》

【訳者】
野口絵美（のぐちえみ）
女優・翻訳家。ダイアナ・ウィン・ジョーンズの代表作
「大魔法使いクレストマンシー」シリーズの、『魔法使いはだれだ』『トニーノの歌う魔法』や、
同じくダイアナの作品『七人の魔法使い』『魔法！魔法！魔法！』などを翻訳している。

【画家】
佐竹美保（さたけみほ）
富山県生まれ。SFやファンタジーの挿絵で活躍中。日本で出版されたダイアナ・ウィン・
ジョーンズの作品のほぼすべての表紙や挿絵を手がけ、ダイアナから
「世界中の挿絵画家の中で、彼女の絵がいちばん好き」と評された。

四人のおばあちゃん
The Four Grannies
ダイアナ・ウィン・ジョーンズ作
野口絵美訳 translation ⓒ 2007、2016 Emi Noguchi
佐竹美保絵 illustrations ⓒ 2016 Miho Satake

96p, 22cm, NDC 933

四人のおばあちゃん
2016年7月31日　初版発行
2024年3月1日　2刷発行

訳者：野口絵美
画家：佐竹美保
装丁：百足屋ユウコ（ムシカゴグラフィクス）
フォーマット：前田浩志・横濱順美

発行人：小宮英行
発行所：株式会社徳間書店

〒141-8202　東京都品川区上大崎3-1-1　目黒セントラルスクエア
Tel.(049)293-5521（販売）　(03)5403-4347（児童書編集）　振替00140-0-44392番

画像制作：オフィス・ルート56　印刷：日経印刷株式会社　製本：大日本印刷株式会社

Published by TOKUMA SHOTEN PUBLISHING CO.,LTD., Tokyo, Japan.
Printed in Japan.

［徳間書店の子どもの本のホームページ］https://www.tokuma.jp/kodomonohon/

ISBN978-4-19-864206-8

本書『四人のおばあちゃん』は、
『ダイアナ・ウィン・ジョーンズ短編集　魔法！魔法！魔法！』に収録されている
短編『四人のおばあちゃん』の訳を一部改め、文字使いなどを変更し、新たにさし絵を加えたものです。

徳間書店のダイアナ・ウィン・ジョーンズの本

アーヤと魔女

田中薫子　訳　佐竹美保　絵

魔女《まじょ》の家に引きとられたアーヤは、こきつかわれるだけの毎日に、うんざり。黒ネコのトーマスにたすけてもらい、魔女に立ちむかうための呪文《じゅもん》を作ることにした……。カラーのさし絵がたっぷり入った、楽しい物語。

ぼろイスのボス

野口絵美　訳　佐竹美保　絵

趣味《しゅみ》の悪いぼろぼろのひじかけイスに、魔法《まほう》の液《えき》をこぼしてしまったら、さあたいへん！　イスが人間に変身《へんしん》して、家族みんなに、いろいろさしずしはじめた……。カラーのさし絵がたっぷり入った、楽しい物語。